JN130610

王太子さま、魔女は乙女が条件です 1

くまだ乙夜

ITSUYA KUMADA

NB

ノーチェ文庫

登場人物紹介
クァイツ
フロライユ王国の王太子。夜会で出会った素顔のサフィージャにひと目惚れするが、その正体が筆頭魔女だとは知らず――!?
サフィージャ
フロライユ王国の筆頭魔女。常に仮面をつけて素顔を隠しており、「恐怖の魔女」と呼ばれている。

フィリッグ
フロライユ王国の
国王。
イルベラ
フロライユ王国の王妃。
サフィージャとは
お茶飲み友達。
テュルコワーズ夫人
もと宮廷魔女で、
サフィージャの
有能な侍女。
エルドラン
フロライユ王国の枢機卿。
七年前、サフィージャに
命を救われた。
ベネドット
フロライユ王国の大司教。
サフィージャを
敵視している。

目次

王太子さま、魔女は乙女が条件です 1

第一章　王太子が現れた

その城は森のすぐそばに建っていた。大小さまざまな塔が林立する、美しい城だ。中庭には迷路のような木立が続き、あずま屋には美術品のような鉄細工《ざいく》のベンチとテーブルがすえてある。

季節は冬、社交シーズンの真っ最中だった。

夜会から抜け出したサフィージャは、城の庭をさまよっていた。葉を落とした大木の陰に鉄のベンチを見つけて座る。その途端、金属のひんやりした感触が薄手のドレス越しに伝わり、背筋がぶるりと震えた。襟元をかき合わせながら、とにもかくにも落ち着ける場所があることにほっとした。彼女はひとりきりになりたかったのだ。

「……あーあ。くだらない」

サフィージャはひとり嘆息する。パーティーなんて大嫌いだ。なぜこんな道化《どうけ》のような格好をしなければならぬのか。重たいスカートをひきずり、ドレスの前身頃が美しく見えるよう何度となく手で直してしずしず歩くことにいったい何の意味があるのか。

「私は魔女だぞ。こんなことをしているひまがあったら薬でも作っていたほうがマシ……」

怒っていたサフィージャだが、次の瞬間、絶句した。何気なく足を組んだ拍子に、ビリリと布地が裂ける音がしたのだ。

おそるおそる太ももの下に手をやる。ドレスのお尻のあたりに、ベンチの鉄釘が引っかかっていた。スカートを引っ張ると、布地がさらに破れていく感触がして、慌てて手を止める。

「どうしよう……」

最悪だ。立ち上がれなくなってしまった。

無理に布地を引っ張れば、ドレスのお尻に大きな穴を開けてしまうことになる。

「だ、誰か……！」

声を張り上げてみたが、応《こた》えてくれるものはいなかった。ひとけのない場所を求めて、こんな風の強い夜に外へと飛び出したのだ。当然といえば当然である。

「情けない……」

涙が出てきた。

常に黒いフードをかぶり、顔を覆《おお》う垂れ布と仮面をつけて、人には顔を見せぬ神秘の魔女で通してきた。あまたの毒殺に関わっているとも、国王を裏から操《あやつ》っているともうわさされる『黒死《こくし》の魔女』が、初めて出た夜会にうまくなじめずに敵前逃亡。それだけでも格好悪いのに、ベンチの鉄釘にドレスのお尻を引っかけて立ち往生《おうじょう》とは、情けなさも極まれりではないか。

この上ドレスに大穴を開けでもして、下着が丸見えのみっともない姿で宮廷を歩こうものなら、これまで築き上げてきた妖《あや》しく恐ろしい魔女のイメージもガタ落ちだろう。

「楽しい王宮生活だったな……」

サフィージャはポツリとつぶやく。彼女は、宮廷で働く魔女だ。

魔女とは薬を作り、占いをする弱小宗教の女性のことだが、とりわけ宮廷魔女の資格は容姿端麗《ようしたんれい》で成績優秀、さらに社交の才があるものに与えられる。

サフィージャはその地位を得るために、十五歳までひたすら努力を重ねてきた。

そしてついに宮廷魔女の証《あかし》たる黒ローブを手に入れて、さらに職務に邁進《まいしん》すること六年。

先輩のお局《つぼね》魔女たちに目をつけられぬよう地味にふるまい、王都のならず者貴族たちに手折《たお》られぬよう生きてきた。

そうしてようやく押しも押されもせぬ『筆頭魔女』として取り立てられ、つい先日叙《じょ》任式《にんしき》を済ませたばかり。

お妃《きさき》さまのおぼえもめでたく未来は薔薇色順風満帆《ばらいろじゅんぷうまんぱん》、これでようやく『野望』に一歩前進したと喜んだ矢先にこの失態だ。

風が吹きすさぶ。飲酒でほどよくほてった体が一瞬にして冷やされていく。

このまま凍死するのと、穴開きドレスでそそくさ退散するのと、どちらが不名誉だろうか。

そんなことを考えていると、ふいにしげみをかきわける音がした。

「だ、誰か、誰かそちらにおられるか！」

必死に声を張り上げると、木立の奥からすばらしい美男子が顔をのぞかせた。

夜の闇の中でも輝かんばかりの白皙《はくせき》に、抜けるような透明感のある金の髪。どんな女性でも息をのまずにはいられないほど形の整った切れ長の目、彫刻のようにすらりとした手足。カーネリアンに似た緋色《ひいろ》の瞳は、かがり火の光を受けて赤々と燃えている。

「クァイツ王太子殿下……」

思わず彼の名前を口走ると、当人は不思議そうな顔をした。

「あなたのような美しい女性にお見知りおきいただいて光栄ですが……初めてお会いす

る顔ですね」

普段はフードを深くかぶり、顔を覆《おお》う垂れ布と仮面をつけて顔を隠しているサフィージャだが、さすがに夜会でそのような格好をするわけにもいかない。今は普通の令嬢のようにドレスを着て、素顔をさらしていた。そのためクァイツは誰だか分からなかったようだ。

クァイツは、緑豊かな大地と華やかな宮廷文化を誇る、このフロライユ王国の正統なる王位継承者である。国事などで何度も顔を合わせている相手なので、サフィージャが名乗ればクァイツも得心《とくしん》がいくだろうが、それは矜持《きょうじ》が許さなかった。

初めて出席した夜会でドレスがまずいことになり、泡を食っている女。それが恐怖の宮廷魔女だなんて知られたら、格好が悪すぎる。ふと、意味ありげにニワトリの心臓を握りつぶす儀式の最中、「あいつこないだ尻丸出しで歩いてたんだぜ」と忍び笑いをもらす貴族連中の姿が目に浮かぶ。

焦りながらも、サフィージャはなんとか返事をした。

「え……ええ」

「ああ、お姿ばかりかお声まで鈴を転がすような美しさだ。お名前をおうかがいしても？白百合《しらゆり》のような方」

さすがは淑女たちの間で「結婚したい男第一位」と呼ばれる王太子殿下。珍妙《ちんみょう》な女にも、なんと優しく丁寧に話しかけることか。浮き名の一つも流れない彼は、臣下からの信頼も厚く、いずれ賢王になるだろうと言われている。彼に気に入られるようひそかに画策している連中はかなりの数にのぼる。

そんな人物に弱みをさらしたくない。サフィージャは見栄《みえ》を張りたいあまり、

「……アインホア……」

と、とっさに偽名を使ってしまった。

「南方の名前ですね。いったいどちらの？」

「……ええと……ディアルヌ公の親戚筋……ですわ」

声色まで変えて、清楚《せいそ》な乙女を演出する。

「そうですか。南の方《かた》にはこの国の風は冷たいかと……さあ、私とともに戻りましょう。どうぞお手をこちらに」

「い、いえ、そんな、結構ですわ……」

「どうしました？　ご遠慮なさらず……」

物やわらかな口調ながら強引な手つきで抱き寄せられて、高価なドレスは甲高い悲鳴を上げて永眠した。絹布の裂けるするどい音が響き、クァイツの顔がさっと青ざめる。

「なんてこと……お詫《わ》びしてもしきれません。女性の衣服を力任せに裂いてしまうなど……」

クァイツはおのれのせいだと誤解したらしい。

「すぐに代わりのドレスを用意させましょう。さあ、今はこちらをお召しになってください、美しい方」

彼は羽織《はお》っていた上着を脱ぎ、サフィージャの肩に着せかけてくれた。豪華な衣服だ。ちりばめられた刺繍《ししゅう》や胸に並ぶ勲章でずしりと重い。

「立てますか？　私の腕をお貸ししましょう……」

「え、ええ……でも……」

着替えを用意させるということは、クァイツと一緒に王宮の回廊を抜けるということだ。誰もが憧れる美形の王太子殿下が衣服の乱れた女を連れて歩けば、人は当然、「あのものは誰か」とささやき交わすだろう。一夜にして注目の的になってしまう。その上、侍女や小姓を呼ばれたなら、上を下への大騒ぎになること間違いなし。それは大変に都合が悪い。

「結構です。侍女をひとりよこしてくだされればじゅうぶんですわ。わたくしここでお待ちしております」

「なるほど。あなたは、私とうわさになるのを恐れていらっしゃる」

「ええ……」

「お美しいだけでなく思慮深いあなたにとって、私とのうわさは不名誉なことでしょうか」

「いいえ、そういうわけでは」

サフィージャははっとした。いらぬことを言って、クァイツのプライドを刺激してしまったようだ。誰もが愛し、かしずく彼にとって、女のほうから拒絶されるのは屈辱《くつじょく》だろう。

「わたくし、王太子殿下とはとても釣り合いの取れぬ身ですもの……殿下とご一緒におりましたら、嫉妬《しっと》で淑女《しゅくじょ》の皆さま方に呪い殺されてしまいます」

とっさに取りつくろうと、クァイツはくすりと笑った。彼のことはそれなりに見知っている。世辞は嫌いでない性質《たち》だ。むしろ無粋《ぶすい》なものや愚直なものを厭《いと》う。

「それにわたくしも、殿下とこれ以上一緒におりましたら、苦しくなってしまいます。だって、こ、恋に落ちてしまいそうなんですもの」

あれ、どもった。なんでだろ。

どうも彼の前だと調子が狂う。

宮廷では、魔女は男に言い寄られても如才《じょさい》なく立ち回ることがマナーとされている。基本的には上手にかわすべきなのだが、平民出の宮廷魔女にとって、貴族との婚姻は憧れだ。さっさといいところのお坊ちゃんを捕まえて魔女をやめてしまうものがあとを絶たないため、魔女の平均年齢は驚くほど若い。

十五の歳から出仕して、二十一になった今でも職務ひとすじな魔女は、サフィージャくらいのものだった。

「恐怖の魔女」と呼ばれる前は、あまたの貴族の誘惑をかわしてきたサフィージャだ。そんな彼女の舌先三寸に、王太子殿下は目を細めた。

「……あなたが私と同じ想いでいると知って、この心臓は壊れそうなほど高鳴っています」

情熱的なセリフが耳元でささやかれた。このくらいはまったく珍しいことではない。今までにも何度となく男に言い寄られ、そのつど何気ない調子を装《よそお》って拒否してきた。

「暗がりにひとり佇《たたず》むあなたを見て、初めは亡霊かとわが目を疑いました。なにせ、あなたの肌は夜の闇の中でも輝くように白く、この世のものとは思えないほど美しかったから」

いつものお世辞、いつもの退屈な貴族のお遊び……そう自分に言い聞かせながら、サフィージャは唇を噛んだ。優美を体現したかのような彼だが、そののど元は意外なほど男性らしかった。サフィージャはそれをどこかうっとりした気持ちで見つめる。

「この作り物のように愛らしい唇に、確かに血が通っているのだと実感させてはいただけませんか？　でないと私は、いもしない亡霊の夢を見ているみたいで落ち着かないのです」

クァイツの筋張った指がサフィージャの唇をなぞる。

「……温かい」

クァイツはため息をついて手を離し、いとおしげに、サフィージャの唇をなぞった指先へキスをした。

ゾクリと肌があわ立つのをこらえて、サフィージャは必死に平静を装った。

宮廷における男女の作法に従い、拒絶するときの合図を送る。頬に指を三本立てるのが、『今はダメ』という意思表示だ。

「……お許しください、殿下……」

クァイツは静かにこちらを見下ろしている。うつむきがちな彼のカーネリアンレッドの瞳が、面白がるように燃えていた。

「わたくしには操《みさお》を立てるべき方がおります」

彼の誘いをかわすため、サフィージャは口からでまかせを言った。

宮廷魔女は生娘《きむすめ》でなければ務まらない。サフィージャは宮廷の筆頭魔女という地位に身も心もささげているため、あながち間違いではないのかもしれない。

「……侍女をあなたのところへ向かわせましょう」

そう告げると、クァイツは身をひるがえした。

──助かった。なんとか窮地《きゅうち》を切り抜けたようだ。

サフィージャは冷たい夜風にぶるりと身を震わせながら、上着のあわせをかき寄せた。

クァイツがつけていた、新緑に似たさわやかな香水がふわりとあたりに満ちる。

美しい指先が自身の唇をなぞった感触を思い出し、サフィージャは少しだけ残念にも思った。

「本当に、惚れ惚れするようないい男」

あれは女を破滅させるたぐいの美しさだ。彼に愛されたいと願うあまり、すべてをささげて尽くそうとする女性があとを絶たない──そんな人相をしている。

ドキッとしたし、一瞬、本当に恋に落ちそうになった。

「……まだドキドキ言ってる」

魔性《ましょう》の紅《あか》い瞳を間近で見つめたなごりが、サフィージャの心臓のあたりに残っていた。

侍女に案内された客間には、先客がいた。

マホガニーのテーブルに置かれた燭台《しょくだい》が、男の顔を浮かび上がらせる。

「……王太子さま……」

待ち伏せされていたのか。でも、なぜ？　王太子は女遊びをしないことで有名だ。さきほどサフィージャが庭で受けたような世辞を絶やさないので、国中の乙女が彼に憧れているが、誰とも深い関係にはなっていないはず。

妃《きさき》をめとらず、女官もつけず、華やかな令嬢の出入りする社交界には深入りせず――と、一切女性を寄せつけずに過ごしてきた方である。

「無粋《ぶすい》なまねをするとお思いでしょうね」

「いえ……驚いてしまって。王太子さまは、女性がお嫌いなのかと思っていたものですから」

「まさか。そんなことはないよ」

「でも、恋人をお作りになったことのない王太子さまが、どういうお心変わりでいらっしゃるのかしら」

王太子は、乙女を籠絡《ろうらく》する吸血鬼のような顔で薄く笑った。

「どういうわけか、あなたは私のことをよくご存じのようだ。ディアルヌ公の親戚筋のお嬢さん？」

ぎくりとした。偽名であることがばれたのだろうか。

「私はあなたを一度もお見かけしたことがありません。ですが、昨日今日初めて社交界に出てきたにしては、ずいぶん垢抜《あかぬ》けていらっしゃると感じたものですから。あなたのことがもっと知りたくて、いそぎ、招待客のリストからあなたの名を探させました。するとどうだろう、どこにもアインホアなどという名前はない。名を偽《いつわ》り、あなたは何をなさろうとしているのかと、疑問を抱いたのです」

サフィージャの嫌な予感は的中した。偽名であることが早々にばれてしまっている。

どうしよう、とサフィージャは焦りながら考えた。

初めて出た夜会であぶれてしまい、ドレスもダメにしてしまった。

恐怖の魔女だというのに、そんな残念な状態なのが格好悪くて嘘をつきました、などとはとても言えない雰囲気になってきた。

窮地《きゅうち》を切り抜ける言い訳を必死に練っていると、暖炉からすきま風が吹き込み、王太子の背後でろうそくがいくつか消えた。

闇を増した空間に、クァイツの緋色《ひいろ》の瞳が光る。

その構図があまりにも似合いすぎていて、サフィージャは言葉を失った。

「宮廷のマナーも心得ておいでのあなただ。すでにどなたかのものになっているのでしょう。お相手は高名な貴族の方。あなたはその方に操《みさお》を立てたくて、私を袖にした。違いますか？」

「いえ……ええ」

よかった。なんだかよく分からないけど誤解してくれている。正体を怪しまれてはいるようだが、バレているわけではないらしい。

ひとまず話を合わせておいて、すきを見て逃げてしまおう。

「あなたの夫君が心からうらやましい。こんな気持ちは生まれて初めてです。聡明でうるわしいあなたにそこまで思われているなんて……なぜその相手は私ではないのでしょう？」

なんだかひとりで盛り上がるクァイツ。サフィージャは後ずさりながら必死にツッコミを我慢した。

なぜもなにも、そんな相手なんていませんがな。

「ああ、その唇が火のように熱いことなど知らないままでいたかった。あなたとの道ならぬ恋に燃え上がった哀れな男をどうかお笑いください。そして救ってはいただけませんか」

王太子に手を握られる。サフィージャはその手に思わず見とれてしまった。

美しい男とは指の先まで美しいのか。すらりと長く整った指をしているが、関節は男らしく骨ばっている。

この汚れたところのないぴかぴかの爪の先で唇をなぞられていたのか……と思うと、なぜか胸が高鳴った。

「……指が冷たくなっていますね。暖炉のそばにいらっしゃいませんか。毛布をお貸ししますよ」

サフィージャは迷ったが、暖かい火の気配には勝てなかった。

さきほどから寒さが限界で、がちがちに震えていたのだ。おしゃれな薄手のドレスは冬に向いていない。

毛布をふわりと着せかけられ、背中から抱き締められた。わーい、あったかくてきーもちいー。

って、ダメじゃないか！

しかし今のやりとりでようやく話が見えてきた。要はサフィージャを既婚だと勘違いし、その上、不倫をしませんかと誘っているのだろう。

「王太子さま……いけませんわ」

「こうしませんか。あなたはアインホアで、この部屋にはあなたひとりしかいなかった。誰も私の姿は見ていない。あなたは誰にも会わなかった……ただ、一夜の夢を見る。甘い天国の夢です」

「こ、こまりま……んンッ……」

初キスだと騒ぐひまもなかった。ぶちゅっとやられてちゅーっと吸われる。背中がゾクゾクして、サフィージャはその場で倒れそうになった。

熱い唇が強く押しつけられ、小鳥のように何度もついばまれる。

「ん……、……ゆるし、……くださ……っ、んん、んんんっ……」

さんざん唇を犯されたあとにようやく解放されると、サフィージャは少し涙目になっていた。

胸の中で悔しさと混乱が嵐のように吹き荒れる。

――か、堅物《かたぶつ》王子のくせに、なんつうキスをするんだ！

うっかりちょっと感じてしまったではないか。腰が抜けるかと思った。

「なんてうぶな反応をなさるんですか、あなたは……ますます離したくなくなってきました」

クァイツは熱くささやいて、サフィージャの唇をふたたびふさいだ。舌がゆっくりと差し入れられる。サフィージャの口の中に、ヌルリとした舌の感触が広がっていく。執拗《しつよう》に口の中をむさぼられるうちに、じわりと下腹部が濡《ぬ》れてくるのを感じた。サフィージャはくたりと体の力を抜く。

「困ります……」

本当に困るのだ。宮廷魔女は生娘《きむすめ》でないといけない、という規律がある。

といっても、実際に契《ちぎ》りを交わすことを禁じているわけではない。宮廷魔女は若い娘が多いので、風紀を乱すな、もしくは何かと対立している教会に付け入るすきを見せるな、という意味だが、筆頭魔女である自分が率先して規律を破るのはどうなのか。

劇薬を扱い、他人の命を預かる魔女は、偏見の目を向けられることもある。処女性をうるさく追及し、異端だなんだと取り締まりをしたがる過激な団体もある昨今、何かの拍子にサフィージャが生娘でないとバレれば、窮地《きゅうち》に立たされることになる。

「わたくしはほかの方を真実愛しております……」

なおもそう言ったが、王太子はあきらめなかった。

「あなたは義理堅くて、けなげな方だ。そんなあなたの様子を見ていると、ますます焦《こ》がれてしまいます。どうにかして手に入れたいと思ってしまう……」

強引な男め。しかし、嫌味がなく格好いいから始末に終えない。クァイツの、いかにも真剣そのものといった訴えを聞いていると、なんだか妙な気持ちになってくる。

サフィージャは星占いも行《おこな》っている。ときには政治的な助言を乞われることもあるし、自然と様々な人間の秘密に触れてしまう。これまでにも、一見清楚《せいそ》な令嬢から堕胎の相談を持ちかけられたり、理想の君主と人々にあがめられる男から、趣味の人殺しをやめたいという相談を受けたりしてきた。だからもうどんな人間にも幻想を抱かないつもりだったが、クァイツだけは別だった。

こいつ、じつは遊び人だったのか？　と、サフィージャは裏切られた気持ちで考えた。

王太子のプライベートについてもよく知っていると思っていた。どこから見ても疑いようのないくらい清廉潔白《せいれんけっぱく》な男だ。抱かれたい男第一位ながら女にうつつを抜かさないところは好ましかった。きっと純情で義理堅い男なのだろう……そんな男が貴族たちを引っ張ってくれるのなら、腐りきったこの国も少しはマシになると期待していた。

ひょっとして、このいかにも誠実そうな態度は演技なのだろうかという不安が胸をかすめる。恋愛経験のないサフィージャには、彼の振る舞いがとても遊び慣れているように見えてしまったのだ。

「……王太子さま、王太子さまのお慈悲に免じて、わたくしを見逃してくださいい……この身をこれ以上お求めになるのでしたら、わたくしは……」
「どうぞお好きな言葉で私を鞭打《むちう》ってください……私はもう、あなたを手に入れること
しか考えられない……」
　サフィージャは深刻に焦り始めていた。息がかかるほど近くにクァイツの温かい体が
あって、力強く抱き締められている。みがき上げられた象牙《ぞうげ》のような肌に、珊瑚《さんご》にも似
た厚い唇。女なら絶対に見とれてしまう男だ。ただ近くにいるだけでクラクラするほど
扇情的《せんじょうてき》なのに、耳元で愛をささやかれていると、頭がおかしくなりそうだった。
　背中をまさぐる指がコルセットの紐に触れ、不慣れな手つきでそれを引き抜いていく。
そのぎこちなさに違和感を覚えたが、深く考える余裕はなかった。
あっという間にドレスの胸元を引き下げられ、胸があらわになった。
「かわいらしい蕾《つぼみ》だ……こんなに硬くなっている」
白い丸みのてっぺんで、赤い突起がツンと上を向いていた。
や、やめろ、そんなところをいじるなっ。
あやうく汚い言葉でののしりそうになる。
「本当に……、もうやめ……」
後ろから胸をわしづかみにされ、突起を指の腹でもてあそばれる。誰にも触らせたこ

となんてないのに。

ファイツは、こうやって色んな女を抱いてきたんだろうか。

ゾクリと背筋からかけ上がってきたのは、おぞましさだ。そうだ、自分はこんな愛のない接触で感じてなどいない。

しかし、うなじや耳にキスをいくつも降らされて、サフィージャは一瞬気が遠くなった。

「ひ、人を呼びますよ……！」

思い余って叫んだ唇を、苦笑するファイツにふさがれる。

「ふ……くっ……ぅっ……んぁ……」

唇を甘噛みされながら胸をいじくり回されて、息もできない。

「かわいい人だ、あなたは。私が誰だかお忘れですか？　この国の王子ですよ。こんなところを目撃されて困るのはあなたと……あなたの夫君だ」

それもそうだ。筆頭魔女が王子といちゃついているところなど見つかったらおしまいである。確実にクビだろう。クビで済めばまだいい。最悪、王子を誘惑した罪で教会に難癖をつけられ、異端審問。そうなれば火刑台行きは確実だ。

ざあっと血の気が引いていく。なんとかして切り抜けないと。考えろ、考えるんだ、黒死《こくし》の魔女！

ぐるぐると頭を回転させているサフィージャをよそに、クァイツの手は、慈《いつく》しむように体を撫《な》で回している。少しずつ上半身が裸にされていく。

背中からドレスが脱がされて、あらわになった背骨にくちづけをされた。びくんと大げさに跳ねてしまったのは驚いたからだ。断じて気持ちよかったわけではない。

こつりと歯を当てられて、ぞくぞくと背中がのけぞった。

「ん……ッ、く、ぅ……！」

声が漏《も》れそうになるのをこらえ、必死に頭を働かせる。いっそ魔女だとカミングアウトするのはどうだ？　名を明かせないと断りを入れたら、いくら王太子といえど無体な真似は……

……いや、ダメだろう、それは。今日の夜会に招待されている魔女の数なんて、たかが知れている。リストをたどったらいずれ正体もバレるに違いない。

「何を考えているのですか？」

集中していないのが伝わったらしく、クァイツの紅《あか》い瞳ににらみつけられた。甘い目尻がつり上がり、人相が微妙に変わる。そんな顔つきも似合っているのだから、色男は得だ。

「あなたの瞳はまるで硝子《がらす》のようだ。ひどく美しいのに、私を映すだけで見てはくれない……」

切なげな声でささやかれた。

なんて口のうまい男なんだ。思わず胸がうずいてしまったじゃないか。

演技でこんな声が出せるなら、いい役者になれる。

「この胸も……こんなに温かいのに、あなたはひどくつれない」

妙に熱い手のひらが、やわやわと胸を揉みしだく。

軽い力でてっぺんを弾かれ、肩がビクリとした。

気持ちがいいだなんて絶対嘘だ。

認めたくなんてないのに、知らず知らずのうちに下半身がむずがゆくなっていく。

「だって……愛してもいない殿方《とのがた》となんて……嫌に決まっていますわ……もう、触らないでくださいな……」

そう言うものの、指先で軽く胸をこすられると、強がることができなくなっていく。

やっぱりちょっと気持ちいいかも。

ぷっくりと肥大した先端を何度も指で転がされ、浅い吐息がこぼれ出る。はっはっと不規則に息をつくサフィージャを、クァイツは目を細めて見つめた。まるで視線で犯されているみたいだ。

「嫌だと言いながら、そんな誘うような顔つきを男に見せるんですね……ご自分で分かりませんか？　あなたは今、ひどくいやらしい目で私を見つめている……そんな目をするあなたが嫌がっているはずがない。ほら……」

「う……」

体を横に動かされ、鏡を見せられる。そこに映った自分の顔は、信じられないほどだらしなかった。

「いや……」

「目を閉じないで……きちんと見てください。きれいな顔が赤らんで……涙が浮かんでいる。ひどく男を誘う顔つきだ……私はもう我慢ができなくなりそうです」

目を閉じてもクァイツの声からは逃れられない。執拗《しつよう》に吹き込まれるみだらな言葉が辛かった。

魔女と呼ばれて恐れられていても、恋愛経験はない。そこは世間の乙女相応に、傷ついたり恥ずかしかったりするのだ。

信じられないことに、いつの間にかサフィージャは追いつめられ、泣きそうになっていた。

クァイツの唇が、肩のあたりを行き来する。肌に触れるか触れないかのところをたどられて、腰が思わず浮き上がる。

腰の下に手のひらが差し込まれた。太ももからお尻にかけて、ぐにぐにと揉みつぶされる。

「や……、やめ……、怖……ひゃぁっ！」

腰が引けているサフィージャにはお構いなしで、クァイツはドレスのスカートをまくり上げた。

足、あしが見える！　やめて！　やめろったら！

サフィージャはとっさに自分の口を手でふさいだ。もう少しで罵声《ばせい》が出るところだった。

恐怖の叫び声を無理やり抑え込む姿は、どう見ても生娘《きむすめ》の反応でしかないはずだが、クァイツは気がつかないのだろうか？

「可憐《かれん》に恥じらうふりをして……あなたは本当に誘い上手ですね。うっかり引き込まれてしまいそうになる」

あー。分かってなかったかー。そんな気はしてたー。

サフィージャはもうやけくそになって、ぶんぶんと首を横に振った。

口を開いたら、情けない涙声で取り乱してしまう気がして怖かった。

傷つき混乱するサフィージャの気持ちなどお構いなしに、クァイツはとろけそうな甘い笑みを浮かべている。

「やっぱり……すごく濡《ぬ》れてる。ほら……」

下腹部のさらに下にある裂け目を硬い指がこすり上げた。粘り気のある甘い感触が、おなかの中心に向かってかけ上がる。

一番人に触れられたくない部分を無遠慮に暴《あば》かれた恥ずかしさで、サフィージャはのどをつまらせた。

「……や……、やめて……」

誰だお前。

涙声で懇願《こんがん》している自分に、自分で突っ込んだ。情けない。これがあの黒死《こくし》の魔女か？

こんな姿、絶対に他人には見せられない。

硬い指が少しずつ押し入れられる。これまでに味わったことのない異物感に、また泣きそうになった。

太い指が中でぎこちなく動き、やわらかいひだをかき回す。

「ひ……んん……」

中をこする生々しい感触に、得体の知れない心地よさが入り混じる。

こんなこと絶対にありえないと思っているのに、なぜか中がひくついてきて、めちゃくちゃにかき回されたくなってくる。

「あ……だめ……く、う、ぅ……んんっ……！」

粘膜のやわらかい内壁をこすり上げられて、くうんと子犬のように鼻が鳴った。

「な、んか……だ、だめ……あっ、や、やぁっ……！」

「声色が変わりましたね……ここをこうされるのが好きなんですか？」

男の硬い指がちゅぷちゅぷと音を立てながら上下した。ひどくじれったい感覚が突き上げる。

「や、あ、あぁ……あぅ、うぅぅぅっ……！」

やめて、そんなところ、自分でもいじったことないのに！

そう言って頭のひとつもひっぱたいてやりたかったが、行動に移したら、確実に不敬罪でお役御免だ。

男の吐息が首筋にかかる。熱く弾んだ彼の呼吸がくすぐったくてたまらない。

なんとかしないと！　王太子さまの機嫌を損ねず、あとをにごさず、やんわり感じよく断る方法を考えるんだ。

思考を集中させようとしても、体のほうに意識がいってしまう。さきほどからいじられている部分が熱くてたまらない。勝手に腰が動いてしまう。

「気持ちいいですか？　あなたは感じるのが上手な方ですね……そんなに腰を押しつけてこられると、私も辛いのですが……」

さきほどから、硬いものがお尻に当たっている。快感で体が跳ねるたびにぐいぐい食い込んできてちょっと怖い。

「お……、押しつけて、なんか……」

弱々しく否定すると、それがクァイツを刺激したらしく、さらに指を一本増やされた。すさまじい圧迫感で頭が真っ白になる。策略を巡らせることなどできそうにない。

ぐちゅぐちゅと裂け目を指で犯され、強烈な快感が背筋をかけのぼる。

「あ、あっ、はぁっ、あん、んん……」

中で指が暴《あば》れるたびに声が跳ねた。

何あえいでるんだ気持ち悪い！

自分で自分に鳥肌を立てつつ、でもやっぱりこらえきれない嬌声《きょうせい》が勝手にのどの奥からあふれ出て、サフィージャは困惑した。

激しく抜き差しされる指先が、感じるところをかすめていく。その感触にとろとろと溶けてしまいそうだ。

「麻薬のような声だ……あなたは私の心をかき乱す。もっと聞かせてください……私を受け入れてくださるところですから、きちんと整えてさしあげたいのです」

う……受け入れる、だって？

相変わらずお尻には硬いものが押しつけられている。その上、それはちょっと動いているのだ。

クァイツも必死に抑えているが、どうしても止まらないのだろう。

これを受け入れるのか。サフィージャはいらない想像をしてしまい、ぶるぶると体を震わせた。

きっと痛いだろう。指二本でもかなり辛いのだから。

でも、こんな大きなものをゆっくり動かされたら……

想像だけでおなかの底がきゅんとうずいた。

「ああぁっ……！　は、はぁっ、だ、だめェ……！」

「……ッ、急に締まりましたね。熱くてやわらかくて……溶けそうです」

やめろ、考えるな！

硬いものが尾骶骨《びていこつ》のあたりをぐりぐりと刺激する。

クァイツから色っぽいため息が聞こえてきて卒倒しそうになった。

他人の欲望をあからさまに見せつけられているようで落ち着かない。ものほしそうに押しつけられるクァイツの下腹部から必死に気をそらそうとした。

でも。おおきい……

クァイツは生ける彫刻のような男だ。生気などまるで感じさせないのに、そこは生々しい熱を帯びている。いったいどんな形状をしているのだろう。よこしまな想像が先走り、知らず知らずのうちに口内につばがあふれた。

こくりと嚥下《えんげ》した音に気づかれたらしく、耳元でくすりと笑われる。

その艶《つや》っぽさに、ゾクリと体がわななないた。

「ああ……あなたのこの体を夫君が独占しているかと思うとやりきれない。全部私だけのものにしてしまいたい……」

甘い嫉妬《しっと》まじりのささやきに、サフィージャは激しく身悶《みもだ》えた。

こ、この男は危険だ。うっかり愛されているような気分にさせられたじゃないか。

「ひと目見た瞬間に、あなたが特別な女性だと分かりました。私は生まれながらに何もかも与えられてきた……だからこそ、誰かを選ぶ気にはならなかったのです。愛してもいない女性を抱くことなんて考えられなかった。誰かをほしいと感じたことだってなかった……」

甘いセリフとともに、乳首を弾かれる。

ひどく感じる突起をくにくにと揉みつぶされて、全身がビクンと震えた。

「そんなの……嘘ですわ……、はぁんっ……」

だまされないぞ、男は皆そう言うんだ。被害妄想でじわりと涙を浮かべつつ訴える。

全身の毛を逆立てる猫のように、キッとにらみつけた。

「信じていただけないのも無理はない。しかし、とにかく初めてなのです、こんな気持ちは……胸が張り裂けそうなほど、激しい想いは……」

クァイツは赤く色づいている先端をきゅっと強くつまみ上げた。

「んぁ、はぁっ、ああっ……！」

体が斜めに大きく傾き、クァイツに首筋をさらしてしまう。

クァイツの熱い舌が首筋を熱心に舐《な》め上げた。髪に顔をうずめ、幸福そうにため息をつく。

「私の愛しい人……できるなら、誰よりも早くあなたと出会いたかった。恋を知ったその日に、永遠に叶わぬと思い知らされた私の気持ちが、あなたに分かるでしょうか。せめて体だけでも奪いたいと願ってやまない、この身勝手な思いが」

本当に身勝手ですねッ！

「……ひどい人……体を奪ったって、わたくしの気持ちまでは奪えませんわ……」

ようやく筆頭魔女になれたんだ。長い間の夢だったたんだ。

こんなところでクァイツと親密すぎる体のお付き合いをしては、今後の行動にも差しさわりが出る。何かのきっかけで素顔が露見《ろけん》したら、その時点で魔女としてはおしまいだ。

王太子としても、自分が気まぐれに手をつけた娘をそばに置いておきたくはないだろう。適当な理由をつけて放逐《ほうちく》するに決まっている。

考えている間にも、指先が無慈悲にうごめいて、下半身をびりびりとしびれさせた。

こんな感覚は生まれて初めてだ。これまで奥深くに何かを挿入したことなどなかった。

奇妙な感覚がおなかを圧迫する。

「んん……っ、……見逃してくださいまし……ほかのものならなんでもさしあげますわ。でも体だけは……どうか触れることだけはおやめください……」

なんのひねりもない懇願《こんがん》が口をつく。もう必死だった。涙が流れて息もたえだえ、胸は苦しいし頭は真っ白。なのに、触れられると魚のように腰が跳ねてしまう。

「おかしなことをおっしゃいますね。私に手に入らないものなどありませんよ」

ですよねー。知ってた。

彼はいっぱいいっぱいのサフィージャを見て、満足げに笑う。

わがもの顔でサフィージャの耳をついばみ、いたぶるような調子でささやいた。

「もう思考がまとまらなくなってきましたか？　……舌ったらずなあなたも私の好みです」

ううっ、喜ばせてどうする。もっとしっかりしゃべらないと。こらえ性のない口を必死にふさいで、首を横に振る。

「んっ……、……ッ、……くぁっ……」

努力もむなしく、あっという間に悲鳴が漏《も》れ出る。

キスで唇をぴったりふさがれながら、ゆるゆると裂け目に指を出し入れされ、我慢が限界にきてしまった。やわらかい舌に口内をかき回され、まざりあった唾液が垂れる。

もうろうとした意識を引き裂くようなするどい快感。断続的に背骨が震えて、力が抜けた。

「なんてやわらかい体なんだ。あなたはどこもかしこも砂糖菓子のようですね。乱暴にしたら、壊れてなくなってしまいそうだ……」

容赦なく穴をほぐしにかかっておいて、何を言ってるんだこいつは。

サフィージャは悔しまぎれにクァイツの横《よこ》っ面《つら》を張ってやりたい気持ちになった。すんでのところで踏みとどまれたのは、それ以上に自分を殴りたい気持ちだったからだ。

だいたいな、こんな指をどっぷりと呑み込んだ状態まで持ち込まれといて、嫌だと主張しても説得力がないんじゃないか。

「ふ……っ、……んん……んぅ、うぅうっ……！」

中をゆすられるたびに媚《こ》びたような鼻声が漏れて、視界がぐにゃりと狭くなる。

ち、違う。感じているわけではない。酔っているのだ。ワインが悪かったんだ。気持ちとは裏腹に、体が勝手にほてっていくのがおかしかった。まったく抵抗ができていないことも、サフィージャのプライドを粉々にした。自分はこんな、抑制がきかなくなるような愚《おろ》かな人間ではないのに。

「どんどん濡《ぬ》れてきますね。夫君はこんな甘いものを毎日味わっているのか……」

あざけり半分、嫉妬《しっと》半分の揶揄《やゆ》を吐いて、いらだたしげに肩口に噛みつく王太子。

少し腹を立てたふうの動きが、サフィージャの胸をぎゅっと締め付ける。とろりと酔わされかけて、サフィージャはハッとした。

何を切なくなっているんだ、正気を取り戻せ！

泣く子も黙る魔女が、低級の動物霊に取り憑《つ》かれたような有様だなんて。

「ああ……あなたは素直に体を預けてくださるのに、あなたの愛はこんなにも遠い。私だって、本当はこんなことをしてあなたをはずかしめたくはなかった……」

ならやめてくれ。今すぐ、即刻、すみやかに！

突っ込みつつ、何かが引っかかった。

ん？　愛？　そ、それだー！

愛の証《あかし》を立てろ、と無茶振りするのはどうだろう。

大事にするのが愛だと、とにかく良心に訴えかけるしかない。私を愛しているならこんなことはやめてと、はっきりきっぱり言ってやれ！

「ほっ……本当に、わたくしを、あ……愛して……らっしゃいっ……、ますか？　神に誓って？」

むね、胸をいじらないでほしい。人がしゃべっているのに。

「神にかけてあなたを愛しています」

そう言わせるように仕向けたはずなのに、実際に言われると、なぜか胸がざわめいた。

サフィージャはそんな自分に不安を抱く。や、安い。ちょっと安すぎるんじゃないか。

そんなに男に飢《う》えているのか？　しっかりしろ、正気を保て！

「でしたら……っ、わたくしを、妃《きさき》に……迎えてくださいますか？」

「もちろんです」

即答かー！

少しは迷ったり悩んだりしろー！

彼の妃の地位はもちろんお安くない。平民ふぜいはお呼びでないのだ。

「んんっ……、信じられ、ません、わ……わたくしの……本当の姿も知らないくせに……」

そもそもサフィージャは貴族でもなんでもない。自分の正体があの黒死《こくし》の魔女だと知られたら、クァイツに失望されるのではないだろうか。あんなかわいげのない下賤《げせん》の娘など願い下げだとばかりに軽蔑《けいべつ》を込めた目で見られでもしたら、立ち直れないかもしれない。

「つれないことをおっしゃいますね。名前も教えてくれないあなたに責められるいわれはありませんよ。もっとも、あなたが何者であろうとも、私の想いに変わりはありませんが」

「あなたは……愛する女性、に、こんなっ、……無体をなさっ……、るの……？　ひぁ、ああっ……！」

立てた指で乳首をひねり上げられた。ふるふると震える胸のてっぺんをぐりぐりと刺激され、最後まで言えずに喘んでしまった。

「あなたが誘ったのではありませんか。あなたがどうしても嫌がるようなら、私だって無茶はしなかった。あなたがいけないんですよ。恥じらうふりをして私を焚《た》きつけるから……」

ええい、ふりじゃなくて本気で恥じらってるんだ。少しは分かれ！

「わ、たくしを愛して、いらっしゃる、の、なら……、どうか、どうかこの場は、お収めになって、くださいまし……っ」

「そうですね……」

彼は考えるようにつぶやいた。

しつこくいじくり回していた手が、胸から離れた。

下からもゆっくりと指が引き抜かれる。

さびしいような感覚におそわれ、サフィージャはおののいた。

違う、違うんだ、嫌がってるのは口だけとかそういうんじゃない！

急に解放されて、サフィージャは思わずクァイツを振り返る。

納得してくれた……？

ぼやけた頭で、クァイツがベストやシャツを脱いでいくのを見守っていたが、荒い息が収まるにつれ、青くなった。

全然人の話を聞いてないだけだったー！

や、やられる。

クァイツの気まぐれのせいで、せっかくの将来設計が台無しになってしまう。

もう感じよくとか言ってる場合じゃない。殴り倒してでも逃げないと！

サフィージャはよろめきつつも立ち上がる。コルセットが乱れてぐちゃぐちゃだったが、そんなことに構っているひまはない。脱げかけている服をかき抱き、サフィージャはふらふらと逃げ出した。

だが、やわらかいじゅうたんと履きなれないヒール、それに力の入らない足が邪魔をして、いくらも行かないうちによろめいた。

「あっ……！」

どさりと転倒した体に、クァイツの影がかぶさる。

「……お……お許しを……」

かたかたと体が震えた。

「女性をしいたげる趣味はありませんが……あなたの悲鳴は、なぜか私の心をざわめかせますね。抵抗しても無駄ですよと言ってさしあげたくなります」

慈愛のような、恥じらいのような、なんともいえないやさしげな笑みで見下ろされる。

ぞっとした。

最大派閥の後ろ盾を持つ魔女として、もう怖いものなど何もないと思っていた。しかし、それは思い上がりだったのかもしれない。

ここから逃げ出せるなら、魔女の地位なんて捨ててしまっても構わない。そう思ってしまうほど、目の前の男が怖かった。

本名がのどまで出かかる。

声にならずに消えたのは、あきらめきれない夢があるからだ。

疫病《えきびょう》をこの世から駆逐《くちく》する。

その『野望』のためにはどんなことだってすると誓った。誇りはまだ消えていない。

こ、こんなやつに、こんなやつに屈してたまるか!

「ち……近づかないでくださいませ。それ以上わたくしにお手を触れるのでしたらお覚悟を。わたくしには自害の用意がございます」

スカートの内側に、毒を隠し持っていた。鉱物から取れる劇薬だ。大量に服用すると、疫病のような症状が出る。普通の人間には、疫病かそうでないのか、症状の見分けがつかない。

もちろん、単なるこけおどしで、本当に飲むような勇気などなかったが、クァイツを動揺させるにはじゅうぶんだろう。

「あなたという人は……」

クァイツが瞳をかげらせる。

「ますます私のものにしたくなりました。……もどかしいものです。あなたの素晴らしさを見せつけられるごとに、あなたは私から遠ざかっていく」

「殿下は公正な方ですわ。わたくしはそれをよく存じております。神の恩寵《おんちょう》たる王太子さまに申し上げます。わたくしは正しい結婚を望んでいるのです」

女にここまで言わせてもまだ強要するのなら、心からその女を愛してはいないということだ。

ところが彼はいささかもひるまなかった。

「あなたの言う『正しい結婚』とは？」

「えっ……」

「夫君にしかるべき地位を授けてほしいということですか？」

王太子の愛妾《あいしょう》になるかわりに、サフィージャの夫には褒賞を与える――つまり彼は、サフィージャが見返りを期待していると思ったのだ。愛する夫へのせめてもの罪滅ぼしに。あるいは王太子の寵を受けることで、夫を助けるために。それでサフィージャが言いなりになるなら、そうしてもいいと考えたのだろう。

ふざけるな、と言いたかった。なぜわざわざ愛人をやらねばならないんだ。今はこんな姿でも、魔女の証《あかし》たる黒いローブさえ身にまとっていれば、クァイツとだって対等に渡り合えるのに！

「ただひとりの妻でなければ、いやだ……嫌でございます。よそに愛人を持つようなやつも願い下げ……ですわ」

逆上のあまり少し地が出てしまった。

翻弄《ほんろう》されっぱなしなのが悔しい。せめて一矢報《いっしむく》いてやりたかった。

「私は構いませんが……それならあなたの夫君はどうなるのです？　手段を選ばずに別れさせてしまってもいいのですか？　愛する人と離ればなれにされて、あなたは耐えられるのですか？」

「……へ？」

なんでそんなことを聞くのか。まるで本気でサフィージャと結婚する方法を模索しているように聞こえる。……いや、まさか？

「つまり……あなたを正妃にお迎えもしますし……時々はあなたの元ご主人に会わせてさしあげても……いえ。今のは聞かなかったことにしてください。そんなこと、私が耐えられない。でも、ああ……あなたがどうしてもとおっしゃるのなら、どうか私をうまくだましてください。どんなに私が疑っても、最後までそんな関係は一度もなかったと……」

「……お、王太子さま？」

もしかしてお酒でも飲んでいるのだろうかと思いつつ、さんざん重ねた唇の味を思い出して、いや素面《しらふ》だよな、と心の中で否定した。

誰が実際に妃《きさき》の座にすえろと言った。

これだけ力いっぱい断っているのに、なんでそういう話になるんだ！

ぽかんとクァイツを見上げると、彼の乱れた衣服が目についた。クラヴァットが抜かれ、豪華絢爛《ごうかけんらん》なベストのボタンがなかばまで外されて、胸元だけが露出している。というか、近い。鎖骨のくぼみやしっかりした胸筋が見分けられるほどだ。

なんてきれいな男なんだろう。宮廷で顔を合わせるたびに、無邪気にそう思っていた。

「とにかく、遊びや気まぐれではないですから」

にっこりと微笑まれても、サフィージャは呆然とするだけだった。心臓だけがやたらに速く脈打っている。

憧れがなかったわけではない。一度でいいからダンスを申し込まれてみたいと思ったこともある。そのクァイツが、遊びや気まぐれではなく、サフィージャを妃に迎えたいという。

……って、そんなわけあるか。本気にしてどうする！

サフィージャは、喜んでしまいそうになる自分を精一杯抑えつけた。

胸が苦しくてたまらない。

ただの気まぐれで適当なことを言われているとしか思えないのに、なぜか素直に受け入れてしまいそうな自分が情けなかった。

もろ肌を脱いだ肩に冷気がしみる。震える体に、ぱさりとやさしく毛布をかぶせられた。

サフィージャが呆然と見守る中、クァイツは整った腹筋の下を覆《おお》う脚衣を脱いだ。

硬く立ち上がったモノが現れる。それは、うるわしの王太子にはまったくそぐわない卑猥《ひわい》さだった。

同じ毛布にくるまりながら、クァイツは冷えきった手でサフィージャの頬に触れた。

顔を真正面に向けさせ、ひたいをこつんと合わせて、好きです、と甘くささやく。

「私のただひとりの妻になってください」

緋色《ひいろ》の瞳に見つめられて、サフィージャは動けなくなった。

ただ心臓だけがドキドキと鳴っている。痛いくらいに胸を焦《こ》げつかせるのが、恐怖なのか歓喜なのか、悲しさなのか憧れなのか、自分でももう分からない。

くちづけられて、自然とまぶたが下りる。

仰向けに押しつぶされて息もできない。

突然、下腹部にひどい痛みが走った。何かが無理にひだを割り広げながら入ってきた。

「……、狭い」

薄膜が侵入を必死に拒んでいるのが分かる。

「い、た……っ！　痛、痛いって……！」

思わず声が出てしまった。硬い胸板を必死に押し返すが、びくともしない。

「……少し、入りました。けど……いくらなんでも、こんな……」

クァイツが布団を撥《は》ねのけて、足の付け根を凝視する。耐えがたいはずかしめだ。彼の言うとおり、付け根の間に先端がまるごと呑み込まれていた。痛みで目の前がくらくらする。

「あなたは……その、『白い結婚』をされていたのですか……？　いや、まさか……まだ婚姻前……？」

つまり処女かと聞いているのだ。

そのとおりだよばか野郎！

「だから、体だけはやれな……あげられませんと、申しました、のに……」

息がうまくできない。きれぎれに言うと、彼は今日見せた中で一番妖艶《ようえん》な笑みを浮かべ、頬にキスをしてきた。

何度も何度もくちづけを繰り返しながら、熱のこもった目で見つめてくる。

「やはりあなたは私の運命の人だ……」

私の命運は今日で尽きたけどな！

もう開き直ってののしってやろうかとも思ったが、痛みでもうろうとして、うまく声が出なかった。

中断していた城門破りが再開された。奥までギチリと満たされて、別の苦痛で涙が浮いた。

目の前にあるクァイツの美しい顔が苦悶《くもん》にゆがむ。痛いのはこっちだっての。

「きれいで凛《りん》としていて……私に媚《こ》びないあなたも魅力的でしたが、苦しそうなあなたにもそそられます」

奥深くまでもぐりこんだ塊《かたまり》がヌルリと引き抜かれる。

中のひだがこすれて、背中がのけぞった。溶けてしまいそうなほど気持ちいい。

……違う、気持ちよくなんてない。

必死に体をそらして快感から逃げようとしたが、ふたたび深く刺し貫《つらぬ》かれて声が漏《も》れた。

「あぁっ……！　ん、んん、……あぁっ……!!」

ゆっくりとゆさぶられる感覚がたまらない。

痛みとしびれがツキツキと入り口のあたりをさいなんだ。慣れるにつれて快感が体の奥からわいてきて、苦痛が真っ白に塗りつぶされる。

苦しいはずなのに、蜜のような甘さがおなかの奥にたまり始めた。それが背骨をとろかし、ひどいめまいを起こさせる。

指とは比べものにならない重量に圧迫されて、ひだのあちこちが引き伸ばされる。ジュプジュプと耳をふさぎたくなるような音がした。

とても受け入れきれないほどの大きさのそれが中を行き来するたびに体がくねり、唇がだらしなく開いてしまう。

「お辛くはないですか」

「……っつら、い……」

と言いつつも、快感が抑えられない。

様子をうかがうように浅い出し入れを繰り返していたクァイツが笑みをこぼす。かすむ視界の中で、その笑顔はやけにきらきらして見えた。

「すみません、笑ったりして。でも、嬉しくてたまらないのです。これでもうあなたは私のものですから」

勝手に決めるんじゃない。抗議したかったのに、代わりに出たのは情けないあえぎ声だった。

「や、……はぅ、……う、んんんッ……」

どろどろに溶けた中をグチュグチュと突き崩されて、太ももが激しく震えた。知らず知らずのうちに足をクァイツの腰に回して、これでもかというくらい巻きつけていた。

「……もっと奥がいいんですか？　仕方のない人ですね……そんなに締め付けられては、私も保《も》ちそうにないのですが……」

「ち、ちが、締めてな……っ」

「こんなに足を絡めてきているのに？　嘘はいけませんよ。足りないんでしょう？　満足いくまでしてあげますから」

「ん、ん、……っあ……！」

そこすごくいい、と悲鳴を上げそうになった。でも、最後に残ったひとかけらの理性がサフィージャを押しとどめた。

ふわふわの甘い空気に脳ごと溶かされたような状態で、サフィージャはぼんやり、もうダメだ……と思った。

免職、火刑、異端審問、魔女裁判……

ぐるぐると回る思考の片隅で、ふと毒物の存在を思い出す。

スカートの一部に縫《ぬ》いつけた小さな袋を引きちぎろうと手を伸ばしたが、指が一本通る穴を開けたところで手首をつかまれた。

「これが毒ですか。物騒なものをお持ちですね。どこで手に入れたんですか？」

自分で調合しました、とはさすがに言えない。サフィージャは自分の手落ちを悟った。

べつだん特殊な薬ではないが、詳細に分析されたら出所を特定されるかもしれない。

「ひゃっ……、あ、で、出入りの薬師から……化粧品と、一緒にィッ！　……」

「これは没収しておきますね。神の御前で、あまり物騒なことを言うものではありませんよ」

お前の信仰する神なぞ関係ないわ、こちとら魔女だっつうの。

異教徒のサフィージャには、フロライユ王国の国教である世教《せいきょう》の自害ご法度《はっと》のルールなど関係ない。

そんなことを考えていると、王太子はふいに根元まで押し貫《つらぬ》いた。

「んんんッ……！」

たまらずのどやあごまでのけぞらせて、ググラグラする視界に目を細める。

「いや、あ、あ、あぁ……！」

ひどく感じるところを立て続けに突かれて、太ももが引きつってしまう。激しい上下運動に、泉のようにわき出る体液がこぼりとはかなくこぼれて散った。

「うぅ、くぅ、うぅぅうっ……！」

もっと激しくされたいと熱望しつつ、それとは裏腹にもうやめてほしいと恐怖した。これ以上されたらおかしくなる。死んでしまう。戻ってこれなくなってしまう。

いつの間にか玉の汗がおなかにも胸にも浮いて、全身がしっとり濡《ぬ》れていた。熱くて苦しくてたまらない、なのにどうしようもないほど気持ちいい。

「不思議なものですね。こんなに感じやすいあなたが乙女のままだったなんて」

サフィージャは瞬間的にかっとなった。今、一番言われたくないことだった。みだりがわしくあえがされているだけでも耐えがたいのに、わざわざその事実を突き付けてくる彼の意地の悪さに腹が立った。

「お、うたいしさまに、関係ありませ、……んんっ……！」

急にペースが速まって、倍以上の速度で奥を突かれた。呼吸が追いつかず、ヒクリとのどが痙攣《けいれん》する。

「名前で呼んでくれませんか」

「嫌……あ、あっ、いや、あぁっ！」

「クァイツ、と。あなたの声で聞きたいのです。でないとやめませんよ」

痛いぐらい強く突き上げられて、苦悶《くもん》の涙が浮かんだ。

「わ、分かったわ、言う、言うからっ……！　く、……ぁ、アイツ、さま、あ、ああっ」

「おや、もう舌も回らないようですね。かわいらしい」

からかうような言い草に、サフィージャは焼けるような羞恥《しゅうち》を味わった。

もう嫌だ、こんなはずかしめは受けたくない。そう思うのに逃げ場がない。

「……いくらでもあふれてきますね。敏感なことです。どこかで教えられたのではないかと疑いたくなります」

取り澄ました慇懃《いんぎん》な微笑みばかり浮かべていた王太子の顔が、ふとかげった。

思わずゾクリとするような暗さだ。

「あなたの恋人には、キスくらい許したのですか？」

尋ねられて困惑してしまう。

いもしない恋人に、どうやってキスを許せというのか。

彼の長い指が唇の上をなぞる。

「そうでなければこれほどみだらな体にはなりませんよね。何度許したんですか？　どのぐらい深くくちづけたんです？　教えてください」

ええい、わけの分からないことを言うな！　泣きそうな顔もするんじゃない！

まるで癒《い》えない傷を負わされたと言わんばかりだ。ひどいことをされているのはこちらのほうなのに。

くすぐる手つきがもどかしい。ぴりぴりと甘苦い、嫉妬《しっと》まじりの乱雑な動きで、唇をもてあそばれる。

「何度もしたんでしょう？　ねえ？」

見とれるような甘い笑顔で問いかけてくるが、目は少しも笑っていなかった。

「教えてくれないのですか？　悲しいですね。もっとも、答えていただけなくてよかったのかもしれませんが。ひとつひとつ指折り数えられては、あなたの恋人を殺したくなりますし」

――怖い。

かりにも一国の王になろうかという男が言っていい冗談じゃない。

足を高く持ち上げられ、苛烈《かれつ》に中を突き上げられる。手加減なしの挿入をされて、たまらずサフィージャは身悶《みもだ》えた。

どうしてこんな、嫌なのに、嫌で嫌で仕方ないのに。

中を深くえぐられるたびに、心のどこかもえぐりとられていくような気がした。

「ひ、う、あぁっ……！」

肉を打ち付ける音が響き、行き止まりへと到達するたびに足の先までしびれた。もどかしい熱のせいでふらふらと足が踊る。より深く呑み込もうと体が必死になっているのだ。よりによって自分がそんなふうに浅ましい快感を求めて頭を空っぽにしているなんて、とても信じられなかった。

「何もかも私が初めてだと言ってください。嘘でも構いませんから。あなたがそうおっしゃるのなら、私はそれにすがりますから」

低くささやかれて、くすぐったくなった。次から次へと舌の回る男だ。

ある種の社交辞令だと分かっているのに、迫真の演技に引き込まれそうになる。本当にクァイツが初めてだと告げたら、カーネリアンの瞳を輝かせて喜んでくれるかもしれない。

「し、してな……一度も、そんなこと……っ、初めては、ぜんぶっ……あ、う、……なにもかも、王太子さまに、ささげました……」

「……こんなにいやらしい体を、誰にも触れさせなかったんですか？」

「んんっ……、あ、あ、はぁっ、やぁぁっ……！」

快感のポイントを何度も押されて、びくびくと腰が跳ねた。肩をこわばらせてそれに耐える。毒のようなしびれがじわりとおなかの奥に広がる。

「……本当にみだらな体だ。よすぎてわれを忘れそうになります。これがまっさらな体だったなんて、信じられません」

太い親指が歯列のすき間に割って入り、奥のほうまで挿《さ》し込まれた。

口に含まされた指の節が、やわらかい粘膜をヌプヌプと蹂躙《じゅうりん》する。

「んっ……く、ふぅっ……」

なめらかな指の腹が舌の上をすべる感触に、サフィージャはぞくぞくと身悶《みもだ》えた。ただ指をくわえ込まされているだけなのに、なぜかいやらしく感じた。くさびを打ち込まれた下半身がうずき、狂おしいほど熱を放つ。

深いくちづけの最中のような忘我の境地に追いやられて、与えられた指を夢中でむさぼった。

「おいしそうに召し上がりますね。しっとりと吸い付いてきて素敵です」

すぐ耳元でからかうような笑い声がした。

甘いささやきと同時に腰を使われて、快感が何倍にも増していく。

「こんなふうにして奉仕されたら、男はひとたまりもないでしょうね？」

「……っ、ん、ぐっぅっ……！」

舌の付け根まで容赦なく指先を突き入れられて、サフィージャはえずきそうになった。苦痛に反応した蜜口が、クァイツのものをぎゅっと締め付ける。ゆっくりと中を割り開いていく肉にこれでもかというくらい巻きつき、奥深くから震えるほどの官能を引きずり出した。

ふやけた指が口から引き抜かれた。唾液で濡《ぬ》れた唇に、クァイツの舌が絡みつく。敏感になった口内をやわらかいものに撫《な》で回されて、頭の中がふわふわした。

気持ちいいだなんて認めたくない。なのにいやらしく唇を重ねられると、つい従順に口を開け、ひな鳥のように受け入れてしまう。舌同士をこすり合わせるたびに、下腹部がズクリとひどく反応する。

充血しきったひだを執拗《しつよう》にえぐられて、目の前が遠くなった。突き入れられる衝撃で背中が弓なりにしなる。

「やっぱり感触のいい唇だ……この舌は男を知り尽くしているかのようですね。そうとしか思えません」

「ひ、あ……！」

体内にズプリと長いものが押し込められて、のけぞりながら腰を浮かせた。ひゅっと強く息を吸い込んだ拍子に肺がふくらみ、突き出した胸郭の上で胸がゆれる。

「みだらな体だ。はやくイキたいですか？　胸を突き出して誘うなんて、心得てますね」

「ちっがっ……、あ、っぅ……！」

腰をくねらせて身悶《みもだ》えるサフィージャを、クァイツは容赦なくつかまえ、ズンと深く刺し貫《つらぬ》いた。

荒っぽい動きがサフィージャの胸を締め付ける。

そんな心得などない。

入れられているところからにじみ出る血を見れば、経験などないのは分かるはずなのに。

「わた……んとうに、はっ、じめて、でっ……！」

王太子は高潔な人格にまったく似合わない皮肉な笑みを浮かべてみせた。

「私のお願いを聞いてくれるなんて、やさしいですね。少し安らかな気持ちになれました。……でも、あなたには悪いのですが、そんなところにどうしても惹かれてしまいます」

執拗《しつよう》に舐《な》めとられている唇が熱を帯びていた。感覚がなくなりそうなほどむさぼられているのに、充血した中をひと突きされるたび、キスのやわらかさに腰が砕ける。

「んぁ、……ん、んん、んむっ……むぅ……」

舌先を吸われながら下腹部の感じるところを何度も押されて、気が遠くなりかける。

もう何も考えられなかった。

乱れた息をつきながら、どこか他人事のように目の前で起きる出来事をながめる。

荒々しい動きで体を突かれ、脳裏で小さな光がまたたく。ひっきりなしに内臓をゆさぶられ、声もかすれてしまう。はしたなく溶ける体が、甘やかな泥沼にズブズブと沈み、落ちていった。

「うぁ……あっ、あぁ……！　んんっ……んくぅっ……うっぁあっ……！」

唇をついばまれて、グラリと眼前が傾いた。下から休みなく愉悦《ゆえつ》を送り込まれて、中が熱くうるおっていく。

もう引き返せないくらい高ぶっていた。今にもひだが破裂しそうなほど感じやすくなっている。魔女としての自意識が消し飛んで、サフィージャはいつしかはかなく手折られるだけの貴族令嬢になりきっていた。ずきずきするこめかみに伝う涙も、別の誰かを演じていると思えば抵抗なく受け入れることができた。

クァイツも最初に言っていたではないか。これは夢なのだ。

「……ヒクついてますよ」

激しく抽送されるうちにふくれ上がった情欲は、限界に達しかけていた。

「もうイキそうなんでしょう？　いいですよ。ほしいとおっしゃるのでしたら、最後までしてさしあげます」

耳の裏をねっとりと舐《な》め上げられ、一瞬呼吸さえ忘れて体を引きつらせた。

吐息がかかるだけで意識が飛びそうになる。

「解放されたいでしょう？　さあ……かわいいおねだりを聞かせてください……」

「し……、」

言ったらダメだと、戒《いまし》める声がした。

しかし聞こえないふりをして、最後まで守っていた一線を越えた。

「して……くださ……っ！」

絶対に負けない、と決めていた。自分から求めたりなんかするものかと固く誓っていた。

なのに、もうすべてを手放してもよくなっていた。

「いかせてほしいんですよね？」

「そう、……いかせて、……ほしっ……から……！」

「かわいがってくださいって言えますか？」

さすがに少しためらった。いたぶられているようで気に入らない。

けんめいに悔しさをこらえていると、急《せ》かすように何度も突き入れられた。根元までグプリと押し入れられ、体中に戦慄《せんりつ》が走る。

いきそう、なのに、いかせてもらえない。

あと少しのところまできているのに、感じるポイントをわざと外されて半狂乱になった。

「あぅ……、か、かわいがってくださいっ！」

屈辱《くつじょく》と期待がぐちゃぐちゃに入りまじった最低の気分で、言われたとおりのセリフを口にした。

「……よくできましたね。ご褒美をさしあげなければ……」

打ち込まれたくさびの切っ先が中をひっかき、ゴリゴリとこすり上げた。途方もないしびれが背骨を貫《つらぬ》き、ジンジンとしたうずきに苦しくなる。

激しい動きで連続して穿《うが》たれ、何かが崩壊しそうだった。速度を速めて打ち付けてくるのがたまらなく気持ちいい。

目をつぶって耐えていると、体の奥から雪崩《なだれ》のように快感が突き抜けた。

「あ、あぁあ、……っく、ぅ、っ、～～ッ！」

真っ白な閃光が弾けて、内ももやおなか、肩やつま先がめちゃくちゃに跳ねた。

「……く、私も、もう保《も》ちません……」

快感の洪水の中で、愛しているだとかかわいいだとか、意味のないことをささやかれた。

やがて、ヴァイツのものが中で激しくヒクついているのを感じた。

放出されているのだ、とぼんやり思う。

ビュクリと液体がほとばしる感覚に、体の奥がかすかに震えた。

第二章 魔女は逃げ出した

――やってしまった。

しかも最後にはあらぬことまで口走っていた。

われに返ったときのゆり戻しがきつい。

それからの王太子さまはうっとうしかった。いちゃいちゃしたりキスしたりと、落ち着きのないことはなはだしい。かいがいしく腕枕してくるヴァイツを無視して、サフィージャはずっとふて寝を決め込んでいた。

『子どもが好き』とか『いっぱいほしい』とかいう寝言も聞こえてきたが、絶対嘘だと頭から決め付けて、聞く耳を持たなかった。数時間前に会ったばかりの相手との妄想がそこまで行き着くなんて、どうかしている。世間知らずの若い乙女か、さもなきゃ乙女を知り尽くしている詐欺師か、どちらかしかありえない。こいつは女がそういう話題に弱いのを知っててわざと言ってるのだ。

ちょっとだけ『それもいいかな』と思ったことは、死んでも認めたくないサフィージャだった。

そのうち寝息が聞こえてきたので、サフィージャはむくりと起き上が――ろうとして、失敗した。

がっちりホールドされていたのだ。

王太子はサフィージャにやたらとぴったり寄り添って、すきまなく抱きついている。

お前は猫か。

冬場にはこうしてひとかたまりになった猫の群れを見かけるが、自分より図体の大きい男に絡みつかれていると、ろくに身動きも取れやしない。

『二度と放したくない』と暗に言われているようで、ちょっとだけ気持ちよくなったことも、受け入れたくないサフィージャだった。

ためらいつつ、脱がされたドレスに手を伸ばしてひと包みの粉薬を取り出す。

シロヤナギ、ベラドンナ、カノコ草などから作られる鎮痛剤で、大量に使うと『よく眠れる』。

つまり昏倒《こんとう》してしまうのだ。

うまく使えば睡眠薬や麻酔薬にもなるが、量が多すぎると最悪死に至らしめてしまうという恐ろしい薬である。

さすがにやりすぎだろうかと迷ったが、即座にその考えを打ち消した。

避妊もせずにおそいかかるような男だ。何をためらうことがあるのか。だいたい嫌だと言っているのに、この男は何も聞かずに手ごめにした。しかもやたら慣れているし、最悪だ。絶対こうやって何人もの女を泣かせてきたんだ。浮いたうわさが出ないのは、手回しがいいからに違いない。

考えているうちにイライラしてきたサフィージャは、眠っている男の口をこじ開け、容赦なく薬をぶち込んだ。

死なない程度にめいっぱい盛る。すると男は眉根を寄せて苦しみ始めた。

確実に効いている。この分なら朝まで目を覚まさないだろう。このままサフィージャが姿を消せば、今夜のことはクァイツの中で『素敵な一夜の思い出』となり、そのうち自然に忘れてくれるはずだ。

ずきり、と胸が痛んだ。

忘れられてしまうのか。

あれだけ好きだと言っていたくせに。

感傷的な気分になりかけたので、頭を振ってその考えを追い出した。

サフィージャは服をかき集めてなんとかそれらしく着直すと、そろそろと廊下に這《は》い出した。

あとは誰にも見つからないようにして戻るだけだ。

深夜だから使用人たちも出払っている。

見回りの衛兵の持つたいまつにさえ気をつければ、夜闇にまぎれて逃げられるだろう。

＊　＊　＊

侍女のテュルコワーズ夫人が、サフィージャの隣にそっと立った。

「サフィージャさま、お時間でございます」

声をかけられ、サフィージャは重々しくうなずいた。鏡の前に立って自分の姿を確認する。

全身を覆《おお》う黒ずくめのローブに、目から下に垂らした布。コインを連《つら》ねて作った飾りを装身具に巻いている。

目の周りを覆《おお》うのは、羊の皮を張り合わせて作った、人肌そっくりの仮面。疫病《えきびょう》痕に似せているので、顔が醜《みにく》くただれて見える。

これが『黒死《こくし》の魔女』の正装だった。

「サフィージャさま――」

「今、行く。そう急《せ》かすでない」

恐ろしげに作った声色でそう返すと、テュルコワーズ夫人は息をのんで平伏した。

年明けにサフィージャは、託宣《たくせん》の儀式を行《おこな》った。

王宮の地下室で、不作、戦禍《せんか》、疫病などの凶事《きょうじ》について占うのだ。この託宣は、一年を通してあらゆる国内の会議で重んじられる。

年若い魔女たちが黒いローブをひるがえし、祭事場に立ち並ぶ。

規定どおりに麻薬と牛の骨が焼かれて、異教の神々への祈りが唱和された。

舞踊の披露《ひろう》と楽器の演奏がそれに続き、王族の頭髪に覚醒作用のある香油がそそがれる。

祭事長、つまりサフィージャが敬神《けいしん》の祈祷書《きとうしょ》を読み上げて、今年の凶兆を占った。より正確には、占うふりをしてあらかじめ決められた文言を暗誦《あんしょう》するのだ。

――ここ数年、国は平和だった。戦争や災害もなく、大きな疫病の流行もない。作物もよく産出され、国庫には蓄えがじゅうぶんにある。

懸念すべきは一点だけ。

急激な人口の増加だ。

そう遠くないうちに食料の生産が追いつかなくなるという試算の結果が出ていた。するとどうなるか？　飢餓《きが》が流行し、死人が増える。死体が増えれば不衛生になり、やがて疫病がやってくる――

だからサフィージャは『節制』の宣告をくだした。

「強欲の神々のうなりを聞け。よく働きよく祈り、色欲を控えて富を蓄えよ」

古代の舞踊が激しさを増し、楽曲と祈りが響き渡る。宗教的熱情が最高潮に達したところで、サフィージャは焼け残った骨の読み解きを披露した。

「水を浄化せよ。水の毒は聖火により清められる。火と水を融和せよ。融和せしものにて身を清めよ」

つまり飲み水は一度わかしてから飲みましょうね、体をよく拭きましょうね、ということだ。疫病にはこれが一番効く。

火炎神《かえんしん》信仰であるフラム教の呪術師だったサフィージャの祖母も、よくそう言っていた。

食料問題を考えるのは文官だ。人口減少による税収低下について考えるのもまた違う文官。森林資源の管理について考えるのも、水質について考えるのも、文官の仕事である。

サフィージャにできるのは、大災害の予言にかこつけ、皆にわかしたお湯を飲むようすすめることくらいだ。

これが黒死《こくし》の魔女の正体なのだから、笑ってしまう。

しかし、たったそれだけのことを広く伝えるのがどれほど難しいかも、サフィージャはよく知っている。

やがて、儀式は熱狂のうちに終わった。

「サフィージャさま、やっぱり昨日の夜会には来てなかったってさ」

「うっそー」

自分のうわさ話を聞きつけてしまい、サフィージャは硬直した。

壁に身を隠してちらりと様子をうかがう。

年若い魔女たちがおしゃべりに興じていた。黒いローブの下にのぞく色鮮やかな長衣とスカーフは、サフィージャと同じフラム教徒の、別宗派の証《あかし》だ。

「やー、あたしもチェックしてたんだけどさ、それらしい女がいなかったんだよね」

「マジ？　逃げたわけ？　あのババアの素顔めっちゃ気になってたのに」

「怖《お》じ気《け》づいたんじゃないのぉ？」

「なんでえ？」

「だってさ、ほら、昔患《わずら》った疫病《えきびょう》のせいで顔が……」

顔がふた目と見られないほど醜《みにく》くただれてしまった。

こしょこしょとかわされている話は、そんなところだろう。

サフィージャは手にしていた錫杖《しゃくじょう》でドスンと地面を打つと、にこやかな笑みを浮かべてその場に割って入った。

「何の話をしているのだ？」

「ひっ！」

「サ、サフィージャさま……！」

下っ端の魔女たちが頭を低くする。

筆頭魔女にして最高位の司祭格であるサフィージャと、末端の魔女たちとでは、身分が天と地ほども違うのだ。

「どうした？　続けろ。たまにはお前たちとも親しく話をしてみたいと思っていたところだ」

下っ端魔女たちは顔を真っ青にしたまま、ひと言も口をきかなかった。

サフィージャは内心勝ったなと思いつつ、優雅に一礼する。

「……失礼する」

カツカツと音を響かせて廊下を進みながら、サフィージャは胸を撫《な》で下ろしていた。

「……やはり、皆にはバレてなかったか……」

昨日の夜会は、かえすがえすも情けなかった。お妃《きさき》さまの命令で仮面を外し盛装していったものの、誰もサフィージャが黒死《こくし》の魔女だとは気づかなかったのだ。

魔女は慣習的に正規の出入り口ではなく、窓や煙突や裏口から移動することになっている。そのため、うっかり裏口から入ってしまったことも災《わざわ》いした。

正面きって入場していれば、名前の読み上げ係もいることだし、皆に『あれが黒死の魔女か』と気づいてもらえたかもしれない。しかしあのときのサフィージャは、完全に友達のいないあぶれものの貴族令嬢だった。見慣れない令嬢に社交界という名の戦場は非常に冷たく……そのうちにひとりぼっちが辛くなって、おめおめと庭へ逃げ出したのだった。

間抜けすぎる顛末《てんまつ》だが、おかげでサフィージャの素顔が割れなかったのだから、結果的にはよかったのだろう。

これで王太子と自分をつなぐ線は消滅した。クァイツが見初《みそ》めた貴族令嬢は、二度と彼の前に現れない。サフィージャが人前でローブを脱ぐことも、この先一生ないだろう。

胸が痛む。でもそれもいっときのことだとおのれに言い聞かせ、サフィージャは堂々と廊下を歩いていった。


黒死の魔女は決してローブを脱がない。それゆえに素顔についてはいろいろと詮索されているが、いつしか根も葉もない中傷が事実としてまかり通るようになってしまった。

いわく、昔患《わずら》った疫病《えきびょう》のせいで顔の皮膚が半分腐っているのだ、と。

サフィージャの政敵である国教の世教《せいきょう》――その教会が広めたうわさだった。ちなみに世教とは普遍的な宗教を意味し、この世界でもっとも信徒が多い。

もちろん乙女だったサフィージャは傷ついた。

どれほど早熟であっても、多感な年頃だったのだ。容姿のことで差別されるのは、素直に辛い。

そして憤《いきどお》った。清貧だの善だのを説《と》いているくせに、教会のやることはドブ川よりも腐っている。

教会なんてぶっつぶしてやる。

感傷を高いプライドでねじ伏せて、戦略を練ることにした。

冷静になってみれば、そう悪いうわさでもなかった。

まず、黒死《こくし》の魔女の経歴に箔《はく》がついた。

民衆は皆、国教に愛想が尽きていた。腐敗《ふはい》した教会の暴政に苦しめられる者があとを絶たず、行き場を失った彼らは、弱小宗教の寄り合いである魔女の結社に救いを求めて殺到した。異教ブームも手伝って、いつしかサフィージャは、民衆のために力を尽くす悪い魔女という立ち位置にされていた。そしてそんなアンチヒーロー的な逸話《いつわ》ははからずも民に大ウケしたのだ。

一方で、好色な貴族たちをのきなみ撃退できたのもありがたかった。何かと言い寄ってくる男たちが多くわずらわしかったのだが、うわさが流れ始めてからはめっきり誘いも減った。とはいえ、中には度を越した物好きというのがいる。いっちょローブをまくって素顔を拝んでやろうと挑んでくる自称色男にはうんざりしていた。

あるとき、羊の皮を加工して仮面を作ることを思いついた。ただれた皮膚を再現した仮面をつけ、しつこく誘ってくる男たちにちらりと見せてやったのだ。絶対に口外するなとわざと脅しつけると、あっという間にうわさは広がり、わずらわしい誘いから解放された。

おまけに周りの女性たちが妙にやさしくなった。まだ若いのにかわいそうにとも、真面目で仕事熱心とも言われた。

いいことずくめだからそのままにしておこう。サフィージャは前向きにそう思うようになった。こうして世にも恐ろしい『黒死の魔女』の伝説は完成した。


午後八時。サフィージャはあらかたの面会を終え、自分の部屋でひと息ついていた。面会などの仕事中と違い、部屋でくつろぎたいときは、顔を覆《おお》う垂れ布を外している。

筆頭魔女ともなると、占いを希望するものがあとを絶たない。貴族や庶民の区別はなく、ありとあらゆる人間が相談に来る。政治の話から失《う》せもの探しまで、色んな話を聞かされ続けて頭がひどく重かった。

「……おなかが痛い」

「まあ、サフィージャさま、食あたりですか？　よく温めないと……」

テュルコワーズ夫人が心配そうに声をかけてくれる。もと宮廷魔女であるという未亡人の彼女は、もう長い間サフィージャの身の回りの世話を焼いてくれていた。

清楚《せいそ》なお仕着せの袖口をまくり上げ、暖炉のそばの火かき棒を手に取る彼女に、サフィージャは首を振ってみせた。

「いや、違うんだ」

「あら、では月のものですの？」

「そんなところだ……」

「あらあら……女は嫌でございますわねえ」

そうだ。女は嫌だ。

子種を受けてしまったら、避妊をしないとならない。出しっぱなしの男とは違う。緊急で飲んだのはヨモギ菊をせんじたもので、子宮を強制的に収縮させる効果がある。飲めば当然おなかも痛むし出血もする。こんなときでなければ口にしたくない薬である。

サフィージャを案じて、夫人が体を温める効果のあるお茶を淹《い》れてくれた。日頃から、姉のような彼女に甘えっぱなしのサフィージャである。

「サフィージャさま、面会を希望される方が……」

応接部屋に下がっていた彼女が再び戻ってきて、サフィージャに言った。

「少し待つように言え」

「ですが……」

テュルコワーズ夫人の声が震えている。不審に思って応接部屋をひょいとのぞき込むと、そこにはとんでもない美男子がいた。

透きとおるような金の髪に、大粒のカーネリアンの瞳。アラバスターにも似たつるりとした肌。身にまとう雰囲気は、背景に薔薇《ばら》を散らしたよう。

クァイツ王太子殿下その人だった。

「こうして二人きりでお話をするのは初めてですね。サフィージャどの」

おそろしく柔和な声で名前を呼ばれて、サフィージャはときめきを抑えられなかった。

椅子の背にほどこされた連珠《れんじゅ》模様のカーブを興味深げに見ながら、クァイツは長い手をそこに置いた。霊獣《れいじゅう》シームルグのレリーフを面白そうにながめている。

どの角度から見てもいい男だ。

こんなにいい男の前だと集中できないじゃないか。占術の勘も鈍《にぶ》るし、なにより先日のことが脳裏にちらついてしまってたまらない。

「本来、お前がここに来る必要などないはずだが……」

とりあえずサフィージャは占術のセオリーどおりのセリフを吐いてみた。

占いの基本は誘導とあいづちだ。

「……ええ。じつは、私の友人があなたの手助けを必要としていまして」

友人が、と言って持ちかけられる相談は、たいてい本人の話である。

サフィージャはなんだか頭痛がしてきた。

もしかして昨日のことがバレたのか？

高まる動悸《どうき》を抑えつつ、とりあえず様子見で当たりさわりのないことを口にする。

「よもや……過《あやま》ちを犯した、などということはないだろうな……？」

これもセオリーどおりの引っかけだ。

あえて聞かなくても、魔女のところへ相談に来る多くの人間はすでになんらかの過ちを犯している。あるいは、これから過ちを犯そうとしているか。思わせぶりなことを言っておけば、相手は勝手に自分を理解してくれると思い込んで、みずから悩みをしゃべり始める。

クァイツは深いため息をついた。

「さすがは聡明な黒死《こくし》の魔女どのだ。……お分かりになりますか？」

いや、さっぱり分からないけど。

何もかも分かっているという顔で、サフィージャはうなずいた。

「うむ。星がまたたいている……いや、これは強く輝いているのか……この暗示は」

サフィージャはたっぷり間をとった。

「……薬。それも強い薬だな。お前はそれにすがるしかないと思っている……」

これもほとんどの来訪者に当てはまる。魔女のところに来る客は、大半が禁制品の薬目当てである。

「……そのとおり。今は悪魔にもすがりたい気持ちなのです……と、私の友は言っていました」

回りくどいことはやめにしよう。

サフィージャはやぶれかぶれで一発かましてみることにした。

「毒だ。毒が鍵を握っている。すべての謎は毒につながっているのだ……」

昨日の夜会の件に違いないとにらんで、サフィージャはセオリーから外れた挑発を口にした。

はたしてそれがどう作用したものか、クァイツはしばし逡巡《しゅんじゅん》した。それから無言でふところに手を入れる。

出てきたのはサフィージャの予想どおり、クァイツに取り上げられたままの毒薬だった。

サフィージャはにわかに緊張してきた。

「この薬の出所を特定していただきたいのです」

ほら来たー！

何が目的かは知らないが、クァイツはサフィージャを追いつめようとしているに違いない。夜会で出会った謎の貴族令嬢の正体がサフィージャだと、とっくにお見通しなのかもしれない。知っててこんなゆさぶりをかけているとしたら最悪だ。

身バレする。正体が露見《ろけん》してしまう。

サフィージャは常に作り声で恐怖の魔女を演じているが、このときばかりは声が裏返りそうになった。

「わけを聞かせてもらおうか。この薬は何だ？」

「これは……とある人の手がかりなのです。私はどうしてもその人を見つけないとならない……と友人が言っていました」

「なぜだ？」

「それは……」

本当になんでだ。口封じか？

あらぬうわさを流される前にサフィージャを解雇しようというのだろうか。さもなきゃ弱みを握って恐喝《きょうかつ》する気か。

「私の占星術《せんせいじゅつ》は思念に反応する。思いが強ければ強いほど成功しやすくなるのだ。詳しく話してもらえねば私としても占いかねる」

クァイツは押し黙った。みるみるうちに頬に赤みがさし、視線がうろうろとそのへんをさまよった。

サフィージャは目を細めてそのさまを観察していた。

美しい男が恥じ入る姿はとても絵になっていて、見ていて気持ちがいい。クァイツの上着の襟をとりまく派手な刺繍《ししゅう》が上等の額縁に見えてくる。

しかしなんで照れているのだ、この男は？

「……ひと目惚れなんだそうです」

へえそう、ひと目惚れね。

「誰に？」

「ですからその、毒物の持ち主にです」

サフィージャは一瞬、彼が何を言ったのか分からなかった。

「……は？」

「よ、世迷言《よまいごと》を口にしているのは分かっているつもりです。ですが、あんな人は初めてで……どうしてもまたお会いしたいのです」

夢見る乙女のような表情をされても不快にならないのは、類《たぐい》まれなる美貌ゆえか。ただひたすら神の作りたもうた造形美に感心しながらも、サフィージャは必死に頭をひねっていた。

それはつまり……どういうことだ？

のどがからからに渇いてきた。サフィージャはせわしなくティーカップに口をつける。

この男が？　ひと目惚れ？　誰に？　――素顔のサフィージャに？

頭に血がのぼってうまく思考がまとまらない。

「緑色の髪をした女性でした」

緑色の髪そのものは珍しくない。サフィージャの故郷の人間は皆、緑か黒の髪色だ。世界各地どこにでもいる民族なので、髪の色から特定されることはまずないだろう。

それでも自分のパーツと同じ特徴をあげられてドキリとした。

「まるで黒真珠のように、光にかざすと鮮やかなエメラルドグリーンの艶《つや》が浮かぶのです。白い肌や華奢《きゃしゃ》な腰などはさながら白百合《しらゆり》のごとき神々《こうごう》しさで、私は一瞬で目を奪われてしまいました……あんなにたおやかな女性は国中どこを探したって見つかりません。人をたぶらかす悪魔が絶世の美姫《びき》の姿をとるように、あの方も国を傾けるために遣わされた精霊なのではないかと思ったくらいです」

サフィージャは激しくむせた。温熱作用のあるハーブティーがのどにつまって大惨事である。

なんなんだ、いったい！

白百合《しらゆり》だの黒真珠だの、聞いているこっちが恥ずかしい。

「……大丈夫ですか？　サフィージャどの」

「あ、ああ。つまり白い肌で緑髪の女か」

「そうなんですが、ぜんぜん違います。あの方の美しさはそのようなつまらない言葉では語り尽くせません」

サフィージャはふたたびむせた。

むせながら考えた。これは何の嫌がらせなんだ？

反応を見て楽しんでいるのか？

ええい、いったい何が目的なんだ！

――へたに政治慣れしているせいで、下心の探り合いは得意でも、色恋事からは程遠い。

クァイツが本心からこんなばかげたことを言っているとは夢にも思わないサフィージャだった。

「……えー、ごほん。確かご友人の話であったたな。まるで自分の目で見てきたかのように……」

「友人です。友人がそう言っていました」

無理がある。そう思ったが、そこは流すことにした。サフィージャも鬼ではないのである。

「とにかく、非常に魅力的な女性だったそうです。それだけでなく振る舞いも気高く凛《りん》としていて美しく、数度言葉をかわしただけで、驚くほど濃《こま》やかで繊細な知性の持ち主であることが分かり……」

サフィージャは気道に入り込んだお茶のせいで、のたうちまわるほど苦しんだ。

死ぬかと思った。

「サフィージャどの……」

「すまぬ、風邪を引いているようだ。私に構わず続けろ」

「お加減が悪いようなら、また出直しますが……」

「いいや、大丈夫だ。今治った。まったく問題はない」

それからもクァイツの賞賛は続いた。好きだのかわいいだの愛しているだのと何度ものたまう。サフィージャは途中で恥ずかしさが限界に来てしまい、必死に別のことを考えていた。

サフィージャの脳裏に今日の出来事がかけ巡る。

ある農民の娘は、修道院の医者が高額をふっかけてくるので、怪我をした父を診《み》せてやれないのだと言って泣いた。状態を聞くに、外科処置と薬でなんとかなりそうだったので、適当な魔女をそっちに派遣すると言っておいた。それにしても教会の連中は何をやってるんだ。また汚職か。

ある貴族の夫人は原因不明の体調不良で日に日に弱っていく息子に心を痛めていた。毒を盛られている節があったので、こちらにも別の魔女を送ることにした。相手は軽々しく名を出すのがはばかられるような大貴族だったので、対応を間違えば政権争いに巻き込まれるかもしれない。面倒くさいことになった……

筆頭魔女ともなれば、このように国家レベルの行政にも関わるのである。

……ところでこの才気煥発《さいきかんぱつ》なことで有名な王太子さまは、何の相談で来たんだったかな。

「……ええと……つまり、頭を強く打ったようなので、薬を処方してほしいと、そういうことでよろしいか」

「いえ、その……」

「すまないが風邪のせいで思考が鈍っているようだ。もう一度、分かりやすく簡潔に言ってくれ」

「……ですから、ひと目惚れをしたので……相手の身元をつきとめてほしいのですが……」

律儀に復唱するクァイツは、決まりが悪そうにうつむいている。思わず肩を叩いてやりたくなるような愛嬌《あいきょう》があった。

サフィージャは恥ずかしさといたたまれなさでいっぱいになった。

喜べばいいのか悲しめばいいのか分からない。

かたや未来を嘱望《しょくぼう》された次期国王。かたや宮廷の筆頭魔女。

ふたりが真剣な顔をして話し合っている内容が、ひと目惚れについて。目ざわりな政敵の暗殺ではなく、ひと目惚れ。汚職大臣の粛清《しゅくせい》でもなく、ひと目惚れ。

――もうこの国はダメかもしれない。

「……あの、何か問題でも？」

「いや。少しこの国の未来について考えていた」

クァイツは瞬間的に真っ赤になった。サフィージャの言葉の意味が分かったのだろう。痛いところを突かれたらしい。眉をつり上げて口を開く。

「……そう言われても仕方のないご相談をしているとは思いますね」

意外とまともな返事が返ってきた。まだ少しだけ光明《こうみょう》は見えていると思っていいのだろうか。

「……サフィージャどのは、恋をしたことがないのでしょうか」

前言撤回。やっぱりもうこの国はおしまいだ。

恋バナなんて侍女役の下っ端魔女の仕事だぞ。こんな上級魔女をつかまえて童女のごときおしゃべりをさせようというのか、この男は。

「ああ、恋の相談なら別の魔女をそっちにやろう。太陽神信仰の魔女なんかどうだ。よりすぐりの腕利きを送ってやるから期待していろ。相談はそれだけか？　満足したならとっとと帰れ。私は疲れているんだ」

「ちょっと待ってください。私はあなたに相談しているんですよ」

立ち上がりかけたが、すばやく袖を引かれて阻まれた。

「私より適任がいる」

「いえ、あなた以上の適任はいません」

よく分かっているじゃないか。

サフィージャはちょっとだけ気をよくした。薬の出所を探るには、広範囲に顔が利いて薬学知識に長《た》けている必要がある。その意味では、確かにサフィージャ以上の適任はいない。

しかしサフィージャには出所を探られると困る理由があった。

だって正体がバレてしまうではないか。そもそも、出所はサフィージャなのだ。

この件を迷宮入りさせてくれそうな下っ端の魔女をあてがっておけば、この問題も解決するだろう。

「……そろそろ放せ」

サフィージャは低くすごんだ。手を握られたままだったからである。

「すみません。……でも、きれいな手ですね」

やけにじっと見られている。ためつすがめつ、手を表にくるりと返されて、不安になった。

まるで観察されているかのようだ。

まさかとは思うが、ほくろの位置などで同一人物だと分かったのだろうか。

それとも単に好色なだけか？　すきあらば女の肌に触れる機会をうかがっているだけ？

「宝石のようになめらかな爪をしていますね。手入れが行き届いていて、しっとりとうるおっている。あなたがた魔女は、高価な化粧品をまるで王侯貴族のように使う……」

「……何が言いたい」

「……口さがない貴族の間では、魔女は香りで分かる、と言われています。衣服を脱いでも、混ぜ合わせた薬草の香りがかすかに残っているから……」

「私は手を放せと言った。聞こえないのか？」

たしなめてもクァイツは相変わらず手を握ったままだ。その力強さがどうにもしゃくにさわる。

その上、奇妙なほどじっくりとサフィージャの顔を凝視してきた。カーネリアンのような瞳に、好奇心の炎が燃えている。

意図の読めない視線が怖い。鼓動が速まり、体温が上がる。

反応するな、ときめくな！

どんなに自分に言い聞かせても、この男の視線にさらされると、勝手に体がざわめいてしまう。

「あなたのローブの下にはどんな素顔が隠されているのでしょうね。固い殻に覆《おお》われた真珠のような体をのぞいてみたいと思うのは罪でしょうか」

サフィージャは衝撃のあまり、とっさに声が出てこなかった。

今こいつは脱がせてみたいと言ったのか？

この国では美辞麗句《びじれいく》が美徳とされており、出世にも重大な影響を及ぼす。女性をほめるフレーズだけで辞書が一冊作れるほどの充実ぶりだ。

そんな国で育った正統なる王太子の日常会話が常識外れなのは分からなくもない。

もったいぶった宮廷言葉も心にもないお世辞も、彼にしてみればいつものことなのだろう。しかし、今だけは聞きたくなかった。

昨晩、浴びるほど聞かせられた好意の言葉の数々が、急に重みをなくしていくのが分かる。

やはりこいつは遊び人だ。そうに違いない。

先日もてあそんだのは、ただの気まぐれだ。ひと目惚れがどうこうというのも、単におもちゃを見つけて遊んでいるだけじゃないのか。

「言う相手を間違ってるぞ。ひと目惚れしたとかいう女に言ってやれ」

「嫌だな、それは友人の話ですよ」

王太子は意地悪く笑うと、急にサフィージャの手を引っ張った。

温かい何かが押しつけられる。

手の甲へキスをされたのだと気づいたときには、二人の間にもう距離をあけられていた。

「なっ……ななな……」

「さきほどの件はこれで許してさしあげましょう」

クァイツはにこりと微笑んだ。

「人の恋心を冷笑した罰です」

サフィージャは不快な気分を隠しもせず、腕を組んだ。

クァイツの言葉は軽い。無神経でさえある。

ほかの女にひと目惚れをしたと言ったその口で、魔女のサフィージャにキスをするなんて理解不能だ。

「お疲れとのことなので、今日はこのへんで帰ります。毒薬の件については、改めて。それから、ひとつだけ聞かせてください。……サフィージャどのは恋をしたことがありますか」

ない。ただ、疫病《えきびょう》を患《わずら》ったという中傷が故意に流され始めたころから、仕事に身も心もささげたいと思うようになっていた。宮廷魔女として、脇目もふらずに務めを果たしてきた。これ以上の情熱なんて知らない。仕事に恋をしているとはおかしな言い方かもしれないが、サフィージャにはほかに何もなかった。

「ある。ずっと恋い焦《こ》がれていた。やっと手に入れたんだ。手放したくない」

「……そうですか」

気落ちしたように言われて、ますます気分が荒《すさ》んだ。

そっちが聞いてきたから答えたのに、なぜ落ち込むんだ。本当に身勝手で図々しい男だ。

この正体不明の苛立ちこそが恋なのではないか。

かすかにそう思ったが、不愉快なので気のせいだと言い聞かせた。

第三章　王太子さまは読まずに食べた

「うちの子、ちょっとおかしいのよ」

昼下がり、王妃のイルベラがお茶を飲みにやってきて、そんなことを言った。

「あっちこっち行ったり来たりして、食事のときもうわのそらで。あんなにぼやぼやしたクァイツは初めて見るわ。かと思えば考え込んだりなんかして……」

「なるほど、それは心配ですね。頭でも強打されたのでありましょう。薬をお出ししましょうか」

「やだぁ、違うわよ。きっとあれは恋ね」

あなどりがたし母親の観察眼。サフィージャはいよいよ心配になってきた。この国は大丈夫なのだろうか。

「どんな令嬢を紹介しても見向きもしなかったあの子が……いったい相手はどんな娘なのかしら」

「……その件ですが、王太子どのにはまことに恋人がおられぬのでしょうか？」

「なし、なし。もうぜんぜん音沙汰なしよ。そういうのって、魔女のあなたのほうが詳しいんじゃない？　いろんなうわさ話が集まるんでしょう？」

「それはそうですが……」

彼の結婚は、国中から待ち望まれている。しかし彼はいまだに独身だった。

通常、王族の直系なら十五、六歳で結婚する。本人の意志は関係なく、王が決めれば従うしかない。ところが王も王妃も今まで放任してきたのだ。

「私が聞きたいくらいよ。あの子、昨日あなたのところへ相談に行ったのですって？　ほかの魔女の子が騒いでいたわよ。何の相談だったの？　やっぱり恋かしら？」

ほらこれだ。もううわさになっている。

魔女の情報網にかかれば、この国の秘密など裸同然である。彼があちこちの女に手をつけているのなら、そういう相談ごとが持ち込まれるはずだった。

しかし、クァイツに関する相談は、『誘っても乗ってこない』『堅物《かたぶつ》すぎる』『いっそ薬を盛りたい』という類《たぐい》のものが非常に多かった。

女性嫌いなのではないか、なんてうわさも何度か耳にした。

「王太子どのは女性がお嫌いなのではなかったのでしょうか」

「あらあ、嫌だ。そんなことないわ。私の教育がよかったのよ。本当に好きな女の人としかそういうことはしちゃいけませんって折に触れて何度も何度も言ってきたの。あの子はまじめに守ってくれたわ」

イルベラは満足げだ。

なるほど、それも一理あるかもしれない。素敵なお母さまだとサフィージャも思う。王族は基本的に、幼いころから母親と引き離され、一人前の大人として扱われる。結婚に愛など求めてはいけない、あるのは義務だけだと言われて育つのだ。

しかし彼は、王さまとお妃《きさき》さまのもとで、仲むつまじい両親の姿を見て育った。そのため王族の慣習を嫌がっても不思議はない。

「自慢の息子だから、あの子が連れてくるお嬢さんならどんな娘でも安心だけれど、できればしっかりした娘がいいわね。わが国の未来のことまで考えてくれるような」

サフィージャはだんだんいたたまれなくなってきた。

クァイツはおそらくイルベラが思っているほどまじめではない。

だって初対面であんなことまでしてきたし。

信頼している息子の真実の姿を知れば、イルベラはきっと悲しむだろう。そういうのは後味が悪くて、なんか嫌だ。

それにいくらお妃《きさき》さまがよいお方でも、息子の非行は認めたくないだろう。逆に、サフィージャがクァイツをたぶらかしたのだと非難されることもありうる。彼女が特別なのではなく、母親とは概してそういうものだ。

そうなれば、サフィージャはもう宮廷にいられなくなる。

絶対に正体がバレてはいけないと、改めて誓った。

「それと、教会のほうがね、やっぱりうるさくって。使節団をよこすって言っていたわ」

「……やはりですか」

面倒ごとが増えた。またあとで考えよう。

クァイツはその日の夜にもやってきた。

お互い超がつくほど忙しいのに、貴重な時間を浪費して何をしているのやら。

この国が平和でよかったとしみじみ思うサフィージャであった。

「……まず薬の出所のことだが」

「何か分かりましたか？」

「おそらく宮廷魔女の誰かだろう。精製物の純度や不純物の構成が、私の作る薬とよく似ている」

似ているというか、サフィージャが作った薬なのだが。

「私と同じ学校で薬学を学び、同じ産地の鉱石を使っている可能性が高い。招待客のリストを当たっていけば、誰が作った薬かは分かるだろう。われら宮廷魔女は危険物の管理は厳重《げんじゅう》にしているし、お前が探している相手もそのうち判明するはずだ」

教会が運営している学校に『神学校』というのがある。

異教徒はそちらに入学できないが、代わりに魔女の学校というのも存在している。

「本当ですか。よかった……もう二度と会えないのではないかと思っていました。やはりあなたに頼んでよかった」

嬉しそうにしているところ悪いが、サフィージャにはもとより会う気などない。

「しかし、特定したところで向こうに会う気があるかは分からんぞ。二度と会いたくないと言われたらどうするつもりだ」

「それは友人の考えることですから、私には分かりませんが……」

ええー。まだその友達の相談設定、生きてたんだ。

はぐらかされるとやりづらい。

「チャンスくらいはあってもいいと思いますね。黙って去られたら、こっちは何も分からないじゃないですか」

「……去っていった理由が分かればあきらめもつくのか？」

「そうですね。よほどの理由であればですが」

よほどの理由、か。

さいわいその『よほどの理由』なら、いくつか心当たりがある。

いくつも並べてやれば、さすがにあきらめるに違いない。

「ところでサフィージャどのは結婚などなさらないのですか？」

サフィージャは返事につまった。嫌なことを聞いてくれる。

「相手がいればな。見てのとおり、この顔は醜《みにく》くただれている」

「……でも、恋人を手にいれたばかりと、先日」

「……ああ」

そういえばそんなことも言ったな。

仕事が恋人みたいなものなんだが、ややこしい。

「手放したくないとおっしゃるからには、てっきり結婚まであと少しなのかと」

「想像に任せる。だが、私はこの仕事を気に入ってるんだ」

「仕事と恋人ではどちらが大事ですか？」

「面倒くさい女みたいな質問をするな、お前……まあいい、仕事だ。お前もそうだろう？

一国の事情とわれらの私情、どちらが大事かは秤《はかり》にかけるまでもない」

というより、そうであってくれなければ困る。

「仕事のためなら恋人も捨てられますか」

「ああ。お前もぜひそうしてくれるとありがたいね」

クァイツは黙り込んだ。皮肉を言われたことは理解できたようだ。うらめしげな顔でこちらをにらみながら、何かを考え込んでいる。

しばらくお茶をすすりながら、クァイツの美貌を堪能した。

黙って座っていれば、この上なく美しい。官僚の扱いもまあまあだ。身分にこだわらず、有能な人材を評価する慧眼《けいがん》も持ち合わせている。間違いなく、よき王となるはずなのだ。

「サフィージャどのの好きな相手とはどんな方なのです？」

なんなんだ。今日はやけに絡むな。その変な質問の目的はなんなんだ。

「なぜそんなことを聞く」

「あなたに愛されている方がうらやましいと思って」

衝撃で呼吸が止まった。

それは夜会の晩にドレス姿のサフィージャを口説いてきたのとそっくり同じフレーズじゃないか。

やっぱりこいつはいろんな女に同じことを言って回ってるんだ。

そう思うとやりきれなくなった。

「……お前には関係ない」

サフィージャは低い声で言い放った。

黙って去られたら何も分からないとクァイツは言った。

よほどの理由があればあきらめがつくとも。

それなら『よほどの理由』をこれでもかというほど並べてやろうじゃないか。

サフィージャは手紙を書いた。クァイツがあの夜ひと目惚れした女性から、という体裁で文面を練る。

——王太子さまは自分を貴族と間違われていたようだが、じつは庶民の娘である。

宮廷魔女で、世教徒《せいきょうと》ではない。異教徒なのだ。

王太子妃にはなれないし、王太子さまにはもっとふさわしい人がいると思う。

なにより、王太子さまともあろうお方が魔女に入れあげているのはみっともない。

自分のことは忘れて、きちんと結婚して、国民や陛下を安心させてほしい――

サフィージャは、こんな内容の手紙をしたためた。

ちなみに、王太子妃になるには、いくつも条件がある。

まず高貴な血筋であること。平民などは論外だ。

つぎに国教である世教を信奉していること。異教徒であれば改宗することになる。

国内の政治バランスを崩さないこと。政敵である魔女が王族に加わるとなれば、教会が黙っていない。

ほかにも細かなものがあるが、大きく分けてこの三つはクリアしなければならない。

なのでこの手紙は完璧だった。

『よほどの理由』がすべて盛り込まれている。

そんなに長い手紙でもないのに、仕上げるのに一週間かかった。書きたくないことを書かされているようで気が進まなかったのだ。

では何を書きたいのだろう？　と考えかけてやめた。

泥沼にしかならない。

心を込めて書いた手紙を、クァイツに目の前で破かれた。細切れにされた紙くずがひらひらと舞う。

「……何をするんだ」

「くだらないことが書いてありました。そうかと思えば署名もない。それにこの筆跡には見覚えがあります」

サフィージャはギクリとした。

「サフィージャどのはずいぶんこの国の行く末を案じてくれているようですが、私はそんなに頼りなく見えますか？　自分が好きになった相手も幸せにできないくらい？　私が私情で国を傾けるとでも思いましたか？　だから妃《きさき》にふさわしくない彼女を私から遠ざけようと一計を案じたのですか。偽物《にせもの》の手紙まで仕立てて！」

これまでにないほど激しくまくし立てられた。気迫にのまれて、壁ぎわに追いやられる。

緋色《ひいろ》の瞳が火のような怒りで燃えていた。

サフィージャはなめられたくない一心でにらみ返す。

「落ち着け。お前が怒っても仕方ないだろう。お前の友人の話なんだから」

「……そうでしたね」

自分でも忘れとったんかい。

「それに、手紙は偽物などではない。……本人に頼まれ、代わりに私が書いたのだ」

「とにかくこんなのは認められません。彼女には『王都の大学街の海猫亭《うみねこてい》でお待ちしています』とお伝えください」

「無駄だ。彼女は行かない」

「来てくださるまで待っています」

「行かないと言ってるだろう」

「いいえ。彼女は来ますよ」

「しつこい男は嫌われるぞ」

クァイツは唇の端をまげて笑った。どこか猛禽《もうきん》を思わせる笑みだった。

「もうすぐ教会から使節団が来るのはご存じですか？」

「……ああ」

「彼らはとくにあなたにご執心だとか」

そうなのだ。やつらはサフィージャが宮廷の筆頭魔女になるのを再三妨害してきた。筆頭魔女の国民人気が大きくなりすぎると教会勢力が目減りする。それが気に入らないのだろう。

この国の教会勢力はもともと弱いが、あまりないがしろにすると後ろから厄介な集団が出てくる。

一国の王といえど、この集団は怖いらしい。

サフィージャが筆頭魔女に叙任されることになったのも、しぶる王をお妃《きさき》さまが説得してくださったからだ。

しかし、王を説得することはできても、司教は無理だ。

彼らに認めさせて初めて、サフィージャは堂々と筆頭魔女を名乗れるのである。

「私を彼女に会わせてくださるのなら、サフィージャどののために力を貸してもいいですよ」

「……お前に何ができる」

「さて。かよわい平民の女性よりは、いくらかできることも多いですからね」

サフィージャは瞬間的に激昂《げきこう》した。

黒死《こくし》の魔女に向かって、言うにことかいて『平民の女性』か。

「……私を愚弄《ぐろう》する気か？　この世でただひとり、陛下にのみひざを折るこの私を！

王太子ふぜいが！」

「そしていずれその王太子ふぜいは王になり、あなたは私にかしずくようになる」

サフィージャは奥歯を噛み締めた。悔しいが、彼の言うとおりであった。

「私の助力がほしければ、どんな手段を使ってでも彼女を連れ出してください。何よりも仕事を愛するサフィージャどのには、たやすいことでしょう」

魔女のふところのうちには媚薬も自白剤も毒薬もある。手段を問わないのなら、娘ひとりの身柄ぐらい思いのままだ。

「お前を見損なったぞ」

「なんとでもおっしゃるといい。私は悪魔にでもすがりたい気持ちなのですから」

壁ぎわに追いつめられたまま、王太子の美貌が間近に迫る。

「逃げられるなんて思わないでくださいね。私はかならずあなたを追いつめ、ひざまずかせてみせます」

彼が語りかけているのは、サフィージャの向こう側にいる『彼女』だ。

分かっていても、まるで自分に向けられた言葉のようで、サフィージャは息をつめて絶句した。

体の奥底から震えがかけのぼる。

「……そう彼女にお伝えください。期待していますよ、『黒死の魔女』どの」

第四章　悪魔崇拝

教会から使節団が到着した。

代々の国王が戴冠《たいかん》する地として有名な『王家の聖都市《せいとし》』イースの大司教ベネドット・カルビエーニを始めとして、五人の名だたる聖職者がフィリッグ国王に謁見《えっけん》を求めて広間に集う。

「よくぞ参られた。そなたらの無聊《ぶりょう》を慰《なぐさ》められるよう、わがほうでもとりはからおう。――サフィージャ」

「――は」

サフィージャはひざをついてかしこまる。

「彼らの歓待をよろしく頼む。大過なく滞在してもらえるよう心を砕け」

「かしこまりましてございます」

「そなたがサフィージャどのか。お初にお目にかかる。私はベネドット――おっと、名乗るべきではなかったかな。そなたらは、名さえ分かれば相手を呪えるというわさを聞いたことがある」

サフィージャは半目になった。

これはあれか。のっけからケンカを売られているのか。

そばに控えている魔女たちの手前もある。筆頭魔女がなめられたままでは格好がつかない。

「お言葉ではございますが、私はフラム教の司祭格を極めた身なれば、大司教のベネドット卿よりも功徳《くどく》において先達に当たり、卿にそのような侮辱を受けるいわれは……」

「サフィージャ」

国王さまからの叱責が飛ぶ。王の弱腰に内心いらだちつつ、サフィージャは覆面の下でつとめて笑顔を作った。

「……失礼。偉大なる唯一神の信奉者たちを歓迎いたします。ベネドットさま」

「握手は遠慮させていただこうか。厳しい修練を積みし清浄なるこの身なれど、黒死《こくし》の魔女どのにかかれば腐肉《ふにく》の馳走も同然であろうからに……」

「どんな病《やまい》を伝染《うつ》されるか分かったものではない」

ベネドットたちの言葉に、どっと嘲笑がわき起こる。

こいつらはあとでまとめて全員呪殺だ。

「サフィージャ。くれぐれもそそうのないようにな」

「ええ。――どうやらいささかの誤解があるご様子。私ども宮廷魔女は司教さまのご説法をいただける日を心待ちにしておりました。司教さま方のことは父のように尊敬しております。あまりいじめないでくださいな」

「素行の悪い娘ほど、父親の前ではしおらしくなるものだ」

「まったく。私たちはこの宮廷が邪教《じゃきょう》と悪魔の巣窟《そうくつ》になっていないか、せいぜい査察して回るとしましょう」

聖職者たちの嫌味にも、サフィージャは黙って耐えた。

なんだあいつらは。

あんなのの世話をするのか。一週間だぞ一週間。あー。やる気なくすわー。

だらだらとした手つきでトリカブトをすりつぶしていると、戸口から笑い声が聞こえた。

見ると、クァイツが部屋をのぞき込んでいるではないか。

「何がおかしい」

「いいえ。あなたでも他人におもねることがあるのだなと思って。今日は珍しいものが見られました」

「笑いごとか。傍観してないで少しはかばうとかしたらどうなんだ」

「いいですけど、その場合は彼女に会わせてもらえる約束です」

トリカブトをつぶす手に力が入る。

陛下が『そそうのないように』と命じたその場で、王太子がそれを覆《くつがえ》すことはできない。へたにサフィージャをかばって聖職者たちの不興を買えば、教会との関係にヒビが入る。

何もできないくせにずいぶん調子のいいことを言う。

「結構だ。私はあの程度の嫌がらせなど何とも思わん」

「でしょうね。サフィージャどのはそういう方です。並の女性なら音《ね》を上げるようなことでも、あなたは涼しい顔をして受け流す」

「私を誰だと思っている。そこらへんの小娘と一緒にするな」

「ですから興味があるのです。あなたが惚れるほどの相手とは……恋《こ》い焦《こ》がれるほどの男とは誰なのか……」

「またその話か。……やけにこだわるな」

「いいじゃないですか。私だけ自分の弱みをさらしてあなたの嘲笑を買うのはやはり面白くありませんから、あなたにも口を割っていただきたいんですよ。教えてください、サフィージャどのの好きな男とは？」

困った。

仕事を愛しているとは明かしにくくなってきた。

しかし、この男をもっと油断させて手の内をしゃべらせるために、話を合わせておいてもいいか。

「彼は、貧しくなんの力もなかった私に富と名誉を与えてくれた」

「……富と名誉、ですか」

「それだけじゃない。私の野望のために、彼はどうしても必要なんだ」

「あなたの野望とは？」

「私の故郷は疫病《えきびょう》で人口が二分の一になった。……もうあんなことは起きないようにしたい」

「それはまた。とてつもない野望です」

つぶしたトリカブトの根っこをとりのけ、新しいものを臼《うす》にのせる。

今日だけでだいぶ毒物が作れた。満足感にひたっていると、ふいにクァイツが声を上げた。

「……それでしたら、相手はだいぶ限られてきますね。たとえば父であるとか……」

「は!?」

しまったー！　確かにそうなるー！

「め、滅多なことを言うな！」

「でも、手に入れた、というのがよく分かりませんね。父はあの通り母に夢中ですし」

「陛下に対して恋心など抱いたこともない。変な勘ぐりをするな」

「あなたのパトロンというと、父や母以外にも、貴族のご婦人がひいふうみい……見事に女性ばかりですね。あなたの心を射止めるほどの紳士がいるとも思えませんが」

サフィージャは青ざめた。いつの間にかこちらの事情を把握されている。

そういえば、こいつ仕事はできるんだった。

だからといってここまでしつこく追及する必要があるとも思えないが。

「あと条件に当てはまりそうなのは私ぐらいでしょうか」

ふざけたことを抜かしおって。

「それだけは絶対にないから安心し……」

せせら笑いつつ、サフィージャの述べた要素にこいつも当てはまりそうだなと思い直した。

あれ？

金と地位と……野望のために必要な権力と……

焦《こ》がれるほどの……恋……

サフィージャはそこで停止した。盛大にやらかしてしまった先日の晩のことを思い出し、頬が燃えるように熱くなる。

いかんいかん、動揺してどうする！

「ないない。絶対ない」

「……まあ、そうでしょうとも」

なぜかつまらなさそうに切り捨てられた。

「父でないのなら……懇意《こんい》にしているご婦人の夫君と道ならぬ恋を？」

まだ言うか。いくらなんでも尋常ではない。

ひと目惚れの件でこけにされたのがそんなに気に入らなかったのか？

怒らせたら根に持つタイプだった？

いや、前からずいぶん絡んでくるとは思っていたが、これは興味本位の域を超えている。

サフィージャの背中に冷たいものが走る。

……もうバレてる？

サフィージャはとっさに話の矛先を切り替えることにした。

「わ、私のことはいい。それよりお前はどうなのだ。いつまでも母親に心配をかけるものではないぞ。友人の恋愛沙汰より、まず自分の結婚のことを心配しろ」

「愛してもいない女性とは結婚できません」

とんでもないことを言うなこいつ。

サフィージャは開いた口がふさがらなかった。

そんな理由で結婚しなかったのか。

てっきりもっと政治上の深い考えがあるのだと思っていた。

見えないところで女を食い散らかした上に、結婚の義務まで放棄。

王族としては大問題だ。

「お前はそうもいかないだろう。『神の恩寵《おんちょう》による王太子』。神の教えに真っ向から背くつもりか」

教会によれば、結婚は両性の合意と神の秘蹟《ひせき》による、魂《たましい》の結びつきなのだそうだ。よって、ほかの宗教と違い、多重婚や一夫多妻は認められない。

血統と財産を維持しなければならない王侯貴族にとって、結婚は契約だ。彼らは政略結婚が当然である上、教会の教えによってひとりの妻しか持てないという二重拘束を受ける。

したがって、神から白百合《しらゆり》の王笏《おうしゃく》を授けられる予定のクァイツは、結婚に何も求めてはいけないのである。

「私にだって恋をする自由はありますよ」

クァイツが涼しい顔で言う。

結婚には数多くの義務を負っている王族だが、その代わり、宮廷での恋愛は許されている。何人愛妾を囲おうと、誰もそれを責めたりはしない。サフィージャは好きになれない風習だが。

「恋の前に結婚だ。まずは適当な王女や公女と結婚して、それからゆっくり恋でもなんでも精を出せばいいじゃないか。見合い話とか何もないのか？」

「……考えている相手はいるんですけどね……」

思わず手を止めて男のほうを振り返った。

暗い戸口、壁にかけたろうそくが影を作り出し、彼の表情はよく見えない。

「私のことは眼中にもなさそうですし、強制するのも面白くないなと思っているところなんです」

彼はもたれていた壁から身を起こすと、そのまま戸口に消えていった。

「『彼女』に会わせてくださるという約束のこと、忘れないでくださいね」

あとには混乱したサフィージャだけが残された。

結婚を考えてる相手？　誰だそれは。

お妃《きさき》さまは何もおっしゃってなかったぞ。

王妃とはお茶飲み友達として仲良くしているのに、まったく知らされていない事実だった。

正体不明の動悸《どうき》がする。早く結婚しろとせっついたのはサフィージャなのに、いざそうしますと言われると胸が締め付けられる。

しばしの放心のあと、遅ればせながら不覚を取ったことに気がついた。問いただしたい衝動にかられて、クァイツに見入ってしまった。もしかしたら腑抜《ふぬ》けた顔をさらしていたかもしれない。

不安になって顔を上げると、牛がかたどられた真鍮《しんちゅう》のおどろおどろしい鏡の隅に、フードを深くかぶり、目の周りを醜《みにく》くただれた皮膚で覆《おお》った娘がいた。

フードと覆面で顔を隠しているので、サフィージャの表情はクァイツには分からなかっただろう。そのことにほっとしつつも、いまだかつてないほど覆面を重苦しく感じていた。

「あいつは『彼女』に惚れたんじゃないのか……？」

だいたいにして設定がよく分からない。場合によって『友達の話』だったり『私』だったり、ブレブレもいいところじゃないか。一度決めた設定はちゃんと守ってほしい。あんなに脇の甘いことで宮廷のキツネどもと世にもくだらない化《ば》かし合いをしていけるのか。

設定——

そこでサフィージャはようやく気がついた。彼が本音をしゃべっているとは限らないということに。サフィージャが作り話でいもしない恋人をでっちあげたように、クァイツも作為的《さくいてき》に嘘をついている可能性がある。

いつも頭に花が咲いたような話ばかりするので忘れていたが、そもそもあれは次代の国王になるべく教育されてきた男なのだ。

少なくともサフィージャとは対等に化かし合いをやっている。

この世間を恐れ震わせた黒死《こくし》の魔女とだ。

いったいどこからが作り話で、どこまでが本心なのか。

バレているのか、いないのか。

ぐるぐると思考の堂々巡りをさせられて、はっとする。

「ばかばかしい。どうせ何も考えていないに決まっている」

悔しいけれども気になってしまう。いつの間にか彼の一挙手一投足に振り回されている。

サフィージャは臼《うす》を取り替えて、今度は鉱物の攪拌《かくはん》に移った。

このままでは首都中のネズミを駆除してもまだ余るほどの毒が完成してしまいそうだった。

＊　＊　＊

王宮の礼拝堂で宴《うたげ》が開かれた。

国内で最も美しいと評判のステンドグラスからさんさんと日光が降り注ぐ中、うら若く美しい魔女たちが舞いを披露《ひろう》する。砂漠の民出身の魔女たちはさすがの華麗さだ。踊りの技量も観客への魅せ方も申し分ない。

サフィージャがベネドットに酌《しゃく》をしようとすると、

「貴様の酌などいらん。酒に毒でも仕込まれたらたまらないからな」

と、手にしていた酒瓶を取り上げられた。

頭から酒をぶっかけられる。

嘲笑を受け、こぶしを握りながらその場を去った。

別の司教の近くへ行くと、

「お前はいい。醜《みにく》い顔など見せられては飯がまずくなる」

と、今度は横に突き飛ばされて地面に手をついた。

「しかしけしからん娘たちだなぁ。聖職者に酒や贅沢品《ぜいたくひん》をすすめてくるとは」

「やはりここは邪教に毒されている可能性がありますぞ」

司教たちは口々に勝手なことを言いつのる。

お前たちが要求したんだろうが。

国王よりも派手な司教服に身を包んでおいてよく言う。ベネドットの酒盃《しゅはい》をつかむ十の指には、それぞれ違う色の宝石がはめられ、首には黄金の鎖とクロスがとぐろを巻いている。

不当な扱いを受けても手も足も出せない筆頭魔女を見て、下級の魔女たちの顔が真っ青になっている。司教たちに逆らってはまずいことになると事前によく言い含めておいたが、普段あれだけお高く止まっているサフィージャがこの不甲斐なさでは、自分たちの身の危険を感じずにはいられないだろう。

「お前たち、覆面をしていないで顔をよく見せろ」

「きゃあ！　おやめください、大司教さま」

酌《しゃく》をしていた魔女が顔布をはがされそうになってもがいている。

「ベネドットさま！　私どもは清い乙女のみの集団です。不埒《ふらち》な真似はおつつしみくださいますよう」

サフィージャが割って入ると、厳しい修行をおさめたらしい贅沢漬けの男は露骨《ろこつ》に舌打ちをした。

サフィージャは焦りを深くする。

今日明日はまだ抑え込める。だが、これだけ見下されていたら、そう遠くないうちにもっと要求がエスカレートするだろう。

部屋に戻ったサフィージャは思案にくれていた。

サフィージャの手の内には毒物も睡眠薬もある。それらを使って、司教たちをそうと分からない程度の体調不良にしてやりすごすという手もある。

だが、露見《ろけん》が怖い。ツブシが目的で来ている連中に格好の口実を与えることになってしまう。

彼らの最終目的はサフィージャを火刑台送りにすること。そして宮廷魔女を廃して自分たちが王宮の内部に食い込むことだ。

そのためにあの野放図《のほうず》な無礼講を繰り広げているのだから、乗せられてはまずい。

「何かないのか？　何か……」

いらつきながら薬をひっくり返す。何か使えるものはないだろうか。

血眼《ちまなこ》になってがらくたをかき集めているうちに、最近は侍女が取り次がなくても勝手に侵入するようになったクァイツがひょいと顔をのぞかせた。

「いつでも構いませんよ。私の力が必要になったら呼んでください。すぐに対応しますから」

涼しい顔のクァイツが言う。その余裕が今は憎たらしい。

「お前に何ができるんだ。陛下でさえままならない相手に、王太子が出しゃばってどうするつもりだ」

「知りたいですか？」

彼がふところから取り出したのは一通の手紙だった。

閉じられているために中身までは判然としないが、緋色《ひいろ》の封ろうに見覚えがあった。

——公式に発行される文書は形式が決まっている。機密が守られていることを示すため、それは必ずろうで厳重に封をされるのだが、彼が手にしている手紙には、王文書局でも滅多にお目にかかれない、非常に珍しい紋章が刻印されていた。

「どうしてお前がそんなものを……」

「おや、これがなんだか分かりますか？　いいですね。私はあなたのそういうところに憧れていました。あの老獪《ろうかい》なる黒死《こくし》の魔女に主《あるじ》と認めてもらえるのはいつの日かと、幾度もため息をついたものです」

「初耳だな」

「だってあなたは私のことなんて眼中にもないですからね」

心臓をつかまれた気がした。

はっとして振り返ると、男はもうさっさと後ろを向いて部屋を出ていった。

――結婚相手として気になる相手はいる、ただ向こうは眼中にもないようだ。

そう言っていたのはつい昨日だ。

や、やっぱりバレてる……？

サフィージャはなんだか情けなくなってきた。王太子と話していると、自分がただの小娘であることをつくづく思い知らされるのだ。

ドキドキしたりソワソワしたり心臓が落ち着かないのは、初恋に浮かれはしゃぐ若い娘そのもの。認めたくはないが、もうかなり踊らされているような気がする。本当に認めたくはないが。

こんなキャラじゃなかったはずなのに。

自分、恐怖の魔女とかなのに。一生懸命演出してきたのに。それなのに。

うっかり泣きそうになったが、時間が惜しいと思い直し、首を振って作業に戻った。


司教たちはやりたい放題だった。

異教の神像をこなごなに打ち壊された。

地下室の神殿に汚物をまき散らされた。

どの神が一番偉いのかを競う宗教問答が開かれ、サフィージャの皮膚痕は悪魔崇拝の結果だと批判された。サフィージャの信奉する火炎神が唯一絶対にして正しい神であれば、正しい行《おこな》いをした娘を秘蹟《ひせき》によって祝福するだろう。無残な姿に変えたのは信仰するフラム教の神々が邪悪であるからだ。これぞ悪魔崇拝の証拠である――と。

「では、厳しき修行を積まれた親愛なる司教さま方に、黒死《こくし》の魔女の接吻《せっぷん》を千回送りましょう。唯一神さまのご加護があれば、決して伝染することなどないのでしょうから。黒き死は不信心者にのみ舞い降りるのだと、未熟なわれらに教え導いてくださいませ」

もちろんそんなことで伝染《うつ》ったりはしないのだが、疫病《えきびょう》の知識などろくに持たない彼らは震え上がった。

宮廷魔女はマイナー宗教のるつぼなので、その手の議論にはめっぽう強い。その筆頭魔女が、そこらへんの聖職者に遅れをとるわけがないのである。

しかし、司教たちをこてんぱんに言い負かしてやったのがまずかった。

判定員がきちんと空気を読んで司教の勝ちにしたが、屈辱《くつじょく》を味わわされた彼らは暴挙に出た。


「処女膜検査……でございますか？」

ベネドットは傲然《ごうぜん》とうなずいた。

「さよう。どうもここの愛らしい隣人たちは羊のふりをしておるように思えてならん」

「淫魔《いんま》との不埒《ふらち》な関係がないかを取り調べるのだ」

「その娘と、その隣、それからそなたもだ！」

サフィージャは唇を噛んだ。

もっとも怖れていた事態だった。

表向きだけでも宮廷魔女を処女のみの構成集団としているのは、教会の悪魔崇拝の定義に引っかかるからだ。

魔女は何かと誤解されやすい。『生まれたての赤ん坊の脂肪を使って薬を作っている』『家畜に悪さをしている』と告発された魔女が、実際にはただの産婆だったり、家畜を診療する医者だったりするケースがあとを絶たない。さらに、処女でない魔女は『悪魔と契約している』と思われがちなのである。

処女性について難癖をつけられても、サフィージャにはうまくその場を切り抜ける自信があった。だが、それも清い乙女のままであったときまでだ。

サフィージャが処女でないことが露見《ろけん》したら、邪教の毒婦として火刑台送りになるだろう。最悪の場合は、サフィージャの信仰ごと邪教認定され、信者全員が皆殺しになるかもしれない。

「お待ちください、ベネドットさま。私どもは皆、潔白《けっぱく》でございます。無辜《むこ》の娘を疑うなど恥ずべきことですわ。なんの証拠があってそのような嫌疑をお着せになるのでございますか」

「なに。私の勘だ」

「話になりません」

「やかましい、貴様は控えておれ。腐《くさ》れ女に用はない」

わっはっは、と笑い声が巻き起こった。

腐っているのはお前らだ！

罵倒《ばとう》を声に出す勇気はなかった。冷えていく胸の内で、ただおのれの無力を噛み締めていた。

なぜこれほどの横暴が許されているのか。

それは彼らが強大な武力の『騎士団』と、圧倒的な権力の『総本山《そうほんざん》』に背後を守られているからである。

宮廷内でさえこの乱行ぶりなのだから、地方の、ほかに抑止力のない末端の教会はもっと腐敗《ふはい》している。

彼らをつぶそうなど、しょせん小娘の寝言でしかない。

一国の王でさえ、彼らの組織力と資金力には敵《かな》わないのだから。

——私はなんて思い上がっていたのだろう。

この醜悪《しゅうあく》な怪物どもをひとりでどうにかするつもりだったのか。

彼らに毒を盛ることはたやすい。幾人かの娘を差し出して、享楽づけの豚のような司教たちが満足いくまで検査とやらに付き合ってやることもできる。

だが、そんな小細工《こざいく》よりももっと明快な解決法が、サフィージャには提示されているのだ。

平民の女にはできないようなやり方で。

先日クァイツが手にしていた書状を突き付ければ、増長しきっている司教たちの目を覚まさせてやることもできるだろう。あの封ろうの主はそれほどの人物だ。

サフィージャは脇に控えている魔女に耳打ちする。

「……王太子どのにことづけを。『約束の品をください』と。急げ、一刻の猶予《ゆうよ》もならぬ……」

下級魔女が慌てて去っていくのを尻目に、筆頭魔女は冷たい床にひざをついた。

覚悟を決めて、頭をこすりつけて懇願《こんがん》する。

「お待ちください、ベネドットさま。私どもは皆、清い乙女でございます。お考え直しのほどを……」

床を舐《な》めんばかりに這《は》いつくばったサフィージャの頭を、誰かが蹴った。

「近づくでないわ。病気をうつされてはかなわん」

すごすごと引き下がるわけにはいかない。そのための筆頭魔女だ。サフィージャは若い娘の集団を預かっているのだ。

時間を稼がねばならない。

「イースの大司教さまに申し上げます……司教さま方のことは家族も同然にお慕いして

おります、生まれたままの姿をさらすことになんの抵抗がありましょう……ですが、みそぎの時間だけはどうかお与えくださいませ。司教さま方のご鑑賞にたえるよう装《よそお》う時間をいただきとうございます。異教の野蛮な娘たちにもどうかお慈悲を……」

「なに、そんなものは必要ない」

「お慈悲を、どうか……夜までお時間をいただければ、今ここにいない魔女たちも集まります」

這いつくばりながら、ベネドットの足首をつかんだ。

その手を蹴られた。痛いなこんちくしょう。

「強情な。なにゆえそうかたくなに拒む？　これは俄然《がぜん》怪しくなってきおった」

「もしや本当に淫魔《いんま》が巣食っておるのでは？」

「潔白《けっぱく》なれば堂々としておればよいのだ。やましいことがあるから慌てるのであろう」

「面倒だ。皆服を脱いで一列に並べ！」

ええい、外道どもが！

「取り調べるのなら、まずは私からなさいませ。潔白なこの体をすみずみまで詳《つまび》らかになさればよろしいでしょう。この黒死《こくし》の魔女の祟りを恐れぬというのならば！」

サフィージャは正面から彼らをにらみつけた。調べられて困るのはサフィージャのほうだったので、ほとんどやぶれかぶれだったが、それなりに効果があったようだ。

魔女の祟りと聞いて、司教たちは怖《お》じ気《け》づいた。

それを鼓舞《こぶ》するようにベネドットが笑い飛ばす。

「なに、貴様は最後だ。これだけの人数がおるのなら、中にはひとりぐらい姦通《かんつう》を犯しているものがいよう。貴様は火刑台に引きずり出して、民衆の面前でじっくりとはずかしめてから殺してやるわ。未通であるのなら一度くらいは天国を見せてやるから安心しろ」

決定的な放言だ。これだけで宮廷から永久追放されて余りある。ベネドットがこんな失言をしたのも、サフィージャに競《せ》り負けそうな気配を感じたためだろう。

「サフィージャさま……！」

恐慌状態から飛び出してきたのは、使いにやらせた魔女だった。

「これを……」

差し出されたのは一通の手紙だった。緋色《ひいろ》の封ろうには個人を識別するための盾形紋章が刻印されている。金と赤の紋章の外に、由緒ある紐つきの聖職帽が被せてあり、それが書状の主《ぬし》の身分を表していた。

これだ。

これを待っていた。

「……貴様らの企《たくら》みはすべて聞かせてもらった」

サフィージャはローブのひざをはらいながらゆっくりと立ち上がった。

「貴様らの悪行もここまでだ」

突如として反抗の意思を見せ始めたサフィージャに、司教たちは怯《おび》えてあとずさった。

「魔女め、貴様は控えておれと……」

「控えるのは貴様らだ。この紋章が目に入らぬか！」

サフィージャは意気揚々と手紙を彼らの前に突き付けた。

緋色の封ろう――『総本山《そうほんざん》』の最高幹部、枢機卿《すうききょう》のうちのひとりの刻印を見て、ベネドットは目をむいた。

「な……、貴様、それは……！」

「『なんじベネドット・カルビェーニ、聖職者にありながら妻帯しみだらな享楽にふけり他人の妻と密通せし罪、および欲をかき贖罪《しょくざい》規定の濫用《らんよう》にて不当に他人の財産を奪い取りし罪……』それに……」

多すぎて読み上げきれない。

こいつこんなに犯罪まみれだったのか。どうしようもないな。

「『……もろもろの贖宥状《しょくゆうじょう》を棄却し、教会より破門を言い渡す』」

面倒くさくなったサフィージャが大幅に省略してまとめると、ベネドットはひざから崩れ落ちた。

「う……嘘だ……」

「『また、不当な魔女弾圧により殺人の大罪を企《くわだ》てしものに対し、この書状をたずさえるものに、エルドラン・ド・ゴ枢機卿《すうききょう》の名において異端審問官の特権を与《あた》う。悔い改めよ』」

「そんな……！」

今度は腰ぎんちゃくの聖職者たちが悲鳴を上げる番だった。

サフィージャも内心悲鳴を上げた。なんじゃこりゃ。めちゃくちゃじゃないか。

異端審問。それは大罪人の烙印《らくいん》と同義だ。彼らは聖職者の権限を剥奪《はくだつ》され、家財を残らず没収されたのちに、重い責め苦を味わわされることになるだろう。

――つまり司教どもを煮るなり焼くなりお前の好きにしてよいという特権状がこの手紙なのである。

これ本当に本物なのか……？

不安になりつつも、サフィージャは生来の意地っ張りを発揮した。

『最初から何もかも計算どおりだ』という顔をした。

鬱憤《うっぷん》がたまっていたので、きっといい顔ができていたと思う。

「おごり高ぶった聖職者の面汚《つらよご》しども。貴様らはたった今から異端者だ」

サフィージャがひややかに宣告すると、ベネドットはわれに返って息まいた。

「に……偽物《にせもの》だ！　そんな手紙があるわけ……！　私が邪教の娘に断罪されるなど……！」

「言い訳は牢屋で聞こうか。……衛兵を呼べ。こいつらをまとめて放り込んでおけ！」

筆頭魔女の勝利宣言に、下級魔女たちはようやく金縛りからとけて、歓声を上げた。

「派手な大立ち回りでしたね。魔女たちも大騒ぎでしたよ。さすがわれらのサフィージャさまと」

のんきに言う王太子の声に、サフィージャは思わず手にしていたにわとりの骨を取り落とした。

「……お前……人が大変だったというのにぬけぬけと……」

「見事に無駄骨でしたね」

まったくそのとおりで悔しかったので、サフィージャは聞こえないふりをして鳥の骨をへし折った。

初めから書状をもらっていれば、魔女たちにも嫌な思いをさせずに済んだのである。

「サフィージャどのの悪い癖ですね。自信過剰で他人をうまく頼れない」

「う……」

性格傾向まで読まれている。サフィージャは不覚にも心臓が痛んだ。あの怪物どもとまともにやり合えるのはこの黒死《こくし》の魔女をおいてほかにいない――国王陛下でさえ歯が立たない聖職者集団に、王太子ふぜいができることなど何もないと頭から決めつけていた。

彼の澄んだ赤色の瞳が、ふとサフィージャのすり傷がついた左手に向いた。彼は驚いて、大きく目を見開く。

「……荒っぽいこともされたようですね」

いたわるように両手でつつまれて、サフィージャは居心地が悪くなった。

「べつに、放っておけば二、三日で治る」

「またそうやって意地を張って……女性なんですから、もう少しご自分を大切になさってください。サフィージャどのが平気でも、見ている私のほうがヒヤヒヤしました。途中で何度割って入ろうと思ったか……」

サフィージャは目をそらした。そんなことをされたら、『余計なことをするな』と怒ったかもしれない。

クァイツは最初の宣言どおり、いつでもサフィージャに力を貸せたのだ。あの書状さえあれば、どの段階でも彼らを処罰できた。

彼自身は顔を出さずに書状だけをよこしたのも、サフィージャへの配慮からだろう。あの場を収めたのが王太子だったら、サフィージャの立場がない。宮廷魔女たちの信用を失うところだったのだ。

「これで少しは私のことを頼りにしてくださるようになると嬉しいんですが」

「……お前の言うとおりだ。すまなかった。私は少しお前をみくびっていたようだ。それと、改めて礼を言う」

ぼそぼそと言うと、穏和な微笑みでいなされてしまった。下がり気味の甘い目尻がさらに溶けて形をなくし、艶《つや》のある金の髪がサラリと流れて頬を隠す。美々《びび》しい笑顔が目にしみる。

「それにしてもあんなものどうやって手に入れたんだ?」

文書の形式や紋章からしてそれなりの内容だろうと見当はつけていたが、まさかあんなにめちゃくちゃな特権状だとは思わなかった。

「エルドランとは友達なんですよ」

王室の外交関係にはまったく存在しないつながりである。そもそもこの国では、王室と教会との接点があまりない。疎遠の王家の王子がいったいなぜ、どうやって枢機卿《すうききょう》と知り合ったというのか。

「……友達にお願いしただけで発行してもらえる書状じゃなかったと思うがな……」

「あなたのファンだと言ってました」

「……『枢機卿』がか？」

「たぶんサフィージャどのともお友達になれるのではないですか。あなたの野望とやらにも興味がおありのご様子なので、そのうち会わせてさしあげますよ。気に入ったら宮廷に招聘《しょうへい》してもいいですし」

わ、分からん。枢機卿にしてみれば、魔女なんて天敵じゃないのか？

それともあの腐敗《ふはい》しきった教会の中にもまともな人物がいたということか。

枢機卿団は教会の総本山《そうほんざん》最高幹部の決裁集団である。エルドランがにらみをきかせていれば、国内の教会は頭を押さえつけられて何もできなくなるに違いない。願ったりかなったりである。

サフィージャはうさんくさそうにクァイツを見た。

「友達って……」

「どうも話がうますぎるな」

「ひどいですね、私はあなたのためによかれと思ってやっているんですから、ねぎらいのひとつもほしいところです」

「嘘をつくな嘘を」

「ええ、もちろん見返りはいただきますよ。……約束は忘れていないですよね？」

さ、さっそくか……

サフィージャはしどろもどろになった。『いや、そんな約束はしていない』『彼女は外国に引っ越した』などなど、たくさんの断り文句を用意していたはずなのに、いざとなると何も出てこない。

「いつにしましょうか。早く抱擁《ほうよう》したくてたまらないと友人がうるさいのですが」

「し……知るか。彼女次第だ。そしておまえの友人次第だ。連絡するまで待て」

「とりあえず連絡していただけるんですね。サフィージャどのは話が分かる人で助かります」

しまった。誘導にひっかかった。

初めに『いつ？』と聞かれたので、『そんな約束はしていない』ととぼけることができなかった。

「あ……いや、しかし……」

とにかく何か言わないと、と思い必死に言葉を探した。

しかし上機嫌な笑みが浮かぶ美貌に負けてしまい、結局は口ごもるしかなかった。

第五章　それを捨てるなんてとんでもない

──来てしまった。

下級魔女のローブの下で、サフィージャはがちがちに緊張していた。

今夜一晩会うだけ。それだけならまだ引き返せる。

震えを抑えきれず、サフィージャは自分の体をかき抱く。怖いのか嬉しいのか分からない。とにかく気持ちが高ぶっていた。

ノックのあと、やや待たされてから薄く扉が開かれる。

「王太子さま……」

いつかの晩のように、いかにも令嬢といった声音でささやきかけると、腰を引き寄せられて中にもつれこんだ。

激しい抱擁《ほうよう》、頬へのキス、熱い吐息、甘いささやき。

「ああ……今日という日をどれほど待ち望んだでしょうか……」

熱くうるんだカーネリアンの瞳にまっすぐ射抜かれる。もうそれだけで金縛りにあったように動けなくなった。ローブのフードを引きはがされ、両頬を手で挟まれる。

手のひらに宿る高熱が、ぼうっと思考をとろかした。

「まるで夢の中のように実感がありません。あなたはこうしてつかまえていてもひどくはかなくて、今にも消えてしまいそうで、怖くて……」

切なげにかすれる声とともに抱き締められた。苦しいくらいに肺をつぶされているのに、不思議と嫌だとは思わなかった。頬をこすりつけた上着の布地から、いつかの晩にかいだ新緑の香りがたちのぼり、その心地よさに眼前がクラクラした。

頭のてっぺんにキスをされた。自分より頭ひとつ背の高い男が、髪に顔をうずめて深く息を吸う。鼻先で髪をかきわけながら首筋までキスをたどらせ、慈《いつく》しむように首筋へ唇を押しつけた。

乾いたやわらかい感触に、サフィージャの体がぴくりと反応する。

「この頬も美しい髪も小さな耳も、あますところなくくちづけて私のものにしてしまいたい……」

やわらかな唇が頬骨の上をすべり、こめかみに散る髪を食《は》んで、耳のおうとつに触れた。

かすかに触れられた箇所から熱がくすぶり、心音が勝手に速まった。

「夢なら覚めないままでいさせてください、私の愛しい人……」

耳元で愛をささやきかけられ、吐息のくすぐったさに身をよじる。

サフィージャは早くも降参しそうになっていた。

早い。まだ会ったばっかじゃないの。

回された両腕に体重をあずけて、何を言うでもなく男に見入った。

間近に抱かれて見上げれば、クァイツは太陽神のように美しい。

視線に気づいた彼が、くすりと笑ってまぶたの上にもくちづけを降らす。

「猫みたいに目を大きくして……瞳がこぼれ落ちそうですよ。かわいいあなた」

そうからかわれて、あごをくすぐられた。羽根のようにかすめる指先の感触に、うっとりと目を細める。

あごを持ち上げられたまま、しばし見つめ合った。

視線の強さにとまどって目を伏せると、端整な顔がすっと近寄ってきて、ひたいにもキスをされた。

唇で触れられるたびに、胸の奥で小さなうずきが生まれて消える。

痛くて甘い。苦しくて嬉しい。

この男に触れられるのは気持ちがいい。

どこもかしこも反応してしまう。

「どうして勝手にいなくなったりしたんですか？　目覚めたらあなたがいなくて……私は心臓が止まるほどの苦しみを味わいました」

逃げるに決まっているだろう。

問題は山積みで、解決なんてできそうにない。愛人にされるのも願い下げだ。

あのとき、一番いい選択が逃亡だった。人の気も知らないで勝手なことばかり言う。

それでも、泣きそうな声で言われてしまうと困った。サフィージャはいわれのない罪悪感につかの間苦しみ、それと同じだけクァイツを憎んだ。

この男は、人を振り回すことにかけては天才的だ。

「朝になったらお聞きしたいことがたくさんあったのに……すぐには無理でも、じっくり時間をかけておたずねしていこうと思っていたんですよ。なのにあなたは風のように消えてしまった……なんて薄情な方なんだ。私をもてあそんで楽しいですか？」

体が震える。サフィージャは体をこわばらせて耐えた。

クァイツは熱心に見つめながら、黒真珠のようだとほめたサフィージャの髪を丁寧にすき、五本の指でひとふさすくい上げた。

毛先にくちづける横顔も華やかで美しい。

時間を忘れて酔っていたくなる。

……いやいやいや、ときめいてないで！　ちょっとは根性見せようよ！

「もてあそばれたのはわたくしのほうですわ……」

自分を奮い立たせてやっとのことでそれだけ言うと、急に怖くなって男の首元に抱きついた。

相手と顔を合わせる勇気がなかった。

しがみつくサフィージャのうなじを、クァイツの手があやすように撫《な》でた。

「……誹《そし》りはいくらでもお受けします。お気の済むように責めてください」

「わたくしは……王太子さまのことを敬愛しておりましたわ。なのにあんな……」

彼の手が首筋を淡々と撫でつける。

「心に決めた方がおりますと何度も申し上げましたのに……王太子さまは少しも耳を貸してくださらなくて……」

「……耳を貸して、あのままあなたをお帰ししていたとして、あなたはまた私と会ってくださいましたか？　あのときあなたが偽名を使ったのは、私に身元を明かしたくなかったからですよね。……もう二度と会うことはないと考えてそうしたのだとしたら、私は……」

「ほかにどうしようもなかったとおっしゃりたいの？　恋人同士を引き裂いて、強引にわたくしをご自分のものになさっておいて……っ」

「言い訳はできません。でも、どうかもてあそんだだなんて思わないでください。私は真剣にあなたを愛しているんです。あのときだって決してあなたに無理強いをしたかったわけでは……」

次から次に、よくも耳に心地よい言葉ばかり生み出せるものだ。

理性ではそう思っているのに、心が震えるのはどうしてなのだろう。

「……今だってそうです。あなたに何かを強制したいわけではないんです。あなたと恋人を引き裂くつもりも毛頭ありませんし……誰にも見つからないよう秘密を守れと言うのならそうします。すべてはあなた次第なんですよ。あなたは何を望んでいるのですか？」

「わたくしは……」

サフィージャはいったいどうしたいのか。

困ったことに、それが一番分からない。

「言ったでしょう、王妃の待遇がお望みならさしあげますと……たとえ形ばかりの結婚であっても、あなたをつなぎ止めておけるならと、愚にもつかない夢想ばかりを繰り返しているんです……」

ふたたび苦しいくらいに抱き締められた。

息をつめて目を閉じていると、後頭部をわしづかみにされた。

強引に肩口へ引きよせる手つきに、ぞくりと鳥肌が立つ。

「あんなふうに一切を拒絶されたら、私は死んでしまいます……ほんの少しでもいい、あなたが私を見て微笑んでくれたら……そう思うだけで、この胸は張り裂けそうになるのです……」

抱擁《ほうよう》を受け入れさせられて、体が勝手に熱くなっていく。

「あなたの望むものはなんでも用意します。ですからどうか、私の前から去らないでください」

「やめて……わたくしはもう……もう王太子さまとはこれきりにしていただきとうございます……」

明確な拒絶。なぜか、言ったサフィージャのほうが苦しくなった。

「きっとどうかしていたのですわ。わたくしも……王太子さまも」

「どうしてそんな残酷なことを……あなたをこんなにも愛してしまった私に忘れろだな

んて……」

今にも溺れて死にそうな声音でなじられた。

もがく余地もなく捕まえられて、めまいがした。

言いたくて言っているのではなかった。顔を合わせていないからこそ言える、辛い言葉だった。

彼の立場、国の事情、自分の職務……ありとあらゆるものがささやきかける。

――お前は王妃にふさわしくない。

だからといって、都合よく愛玩《あいがん》されるだけの籠《かご》の鳥になってやるつもりはなかった。

ただ王太子のために部屋を暖めておくだけの生活など、この魔女にはまったくふさわしくないのだ。

「あんなに乱れてくださったのも、どうかしていたせいなのですか？　あんなに何度も甘い声を上げて泣いていたのに……」

サフィージャはうろたえた。彼の手で触れられた記憶がよみがえってきて、体温が上がる。

「そっそれは、あなたが、わたくしを、無理やり……っ」

「無理やり……でしたか？」

声が裏返った。途中から結構ノリノリだったような気が自分でもしていたので、ちょっと自信がないサフィージャだった。

「王太子さまは……とても手慣れていらっしゃって……わたくしにはあらがう術《すべ》なんか……」

「それは私も同じことです……私にだってあらがう術などなかった。あなたはあまりにも魅力的であまりにも愛らしくて……今でもあなたの姿がまぶたに焼きついて眠れません。あなたの声が耳に残っていて、頭から離れないのです。忘れさせてくれないのはあなたのほうだ……！」

ふいに抱きとめられていた腕がゆるんだ。

逃げ出さなければとも、逃げたくないとも思った。

頬を指先でなぞられて、体がゾクリとわななく。

「ひと目みた瞬間から、あなたがほしいと思った」

印象的な紅《あか》い目が閉じられて、唇を重ねられるまで、微動だにできなかった。

唇を奪われた。

甘い花の香りがして、ふわりと気が遠くなる。

「そっ……うですわ……」

角度を変えてより深く受け入れさせられ、足元がグラついた。しなやかな舌が忍び寄り、口の中で溶け合わさる。

受け入れてはダメだという理性が働いたのはかなりあとだった。はっとしたときにはもう、思わず吸いつきたくなるような感触に絡めとられ、徐々に口を開かされつつあった。

「……んっ、ゃ、あ……ッ」

抗議の声もむなしく、鼻から抜けて嬌声《きょうせい》になった。

心臓がどきどきと激しく脈打ち、早く逃げ出せと訴える。

水のようになじむ舌が、ちろちろと口腔内をくすぐった。

全身を走る衝撃に耐えかねて、ぎゅっと目をつぶる。

やましい気持ちをひきずり出されて、サフィージャは激しくうろたえた。

クァイツは声もなく興奮している。彼の速い息づかいを舌の上で感じ、サフィージャもつられて息を乱した。

荒い呼気のはざまで、絹のようになめらかな舌と唇をむさぼり合っているうちに、前後の感覚がなくなってひざがかくりと折れた。

こ、腰が抜けた……

へたり込む体をゆるがない腕で支えられ、サフィージャは燃えるほどの羞恥《しゅうち》を味わった。

たかがキスひとつでここまで感じてしまっていることなど知られたくはなかった。

あやうく踏みまどう爪先《つまさき》を舞踏のようにさばかれ、首筋を吸われた。

濡《ぬ》れそぼった唇をひたりと押し当てられる。

めったに陽にも晒《さら》さない肌を丁寧に舐《な》められ、肩がびくりと引きつった。

「今夜は私のそばにいてくださるのでしょう？」

「こ……今夜だけなら」

キッとにらみつけると、何かを言いたそうにしていたクァイツは、やがてあきらめ顔になった。

「結構。こちらへどうぞ。くちづけだけで済ますにはあまりにも長い夜ですから」

彼はサフィージャに背を向けて、さっさとベッドのほうへ歩いていった。

彼はベッドの上に締まった腰をきちんと落ち着けた。それから長い手で天幕をかきわけ、こちらへ来るようさしまねく。その姿を見ながら、サフィージャは今日何度目かの警告を繰り返す。

──逃げ出さないと。

サフィージャが思い悩んでいる間、クァイツは何も言わずにただ待っていた。

気まずい沈黙のせいで、自分ののどが鳴る音をことさらに意識する。

長い長いためらいのあとで、サフィージャは王太子の手を取るべく、一歩一歩近づいていった。

何をしているのだろう。崖《がけ》に向かって歩いているようなものなのに。

ナイトテーブルから酒盃《しゅはい》を取り上げ、粉薬をまぶして、グラスをくるくると回す。ほどよく薬を溶かしたあとで、それを男の手にゆだねた。

「……これは？」

「避妊用の薬ですわ」

「いつわりなく？」

本来避妊とは女の胎内にほどこすものだ。男の飲み薬で妊娠を避けるものは存在しない。

広く知られていることなので、クァイツが疑うのも無理はなかった。

手渡したものの中身は避妊薬ではなく、カノコ草単剤の睡眠薬だ。

すべてはつつがなく逃げ出すための小細工《こざいく》である。

「お疑いになるなら結構でございます。それとも王太子さまは信用のならない女を枕辺にはべらせるおつもりですの？」

「いいでしょう。ここであなたに殺されるなら、そのほうがいいのかもしれません。無為《むい》に生きながらえて喪失の苦しみに煩悶《はんもん》するよりはずっと」

サフィージャはワインが空けられていくのを落ち着かない気持ちで見守った。

いくら自分のためとはいえ、だまして薬を飲ませるのは後ろめたい。

杯を戻された。きれいに飲み干されている。本当に毒が盛られていたらどうするつもりなのだろう、とこちらが心配になってしまうほどだった。

この分量なら効き始めは三十分後、ピークは二時間後だ。

「悪い顔をしていらっしゃいますね？」

「……っ！」

打算が渦《うず》をまく内心を言い当てられたようで恐ろしく、反射的に身を縮めてしまった。

しまった、という気持ちが顔に出ていたらしい。

「やはりあなたはかわいい人だ。私に何を盛ったのですか？」

「べつに、ななにも……」

慌てて目をそらすと、ベッドの上に引き倒された。

半身をずらしてゆるくのしかかられているだけで、勝手に胸が高鳴ってしまう。

さっきまであんなに怖いと思っていたのに、体から力が抜けていく。

体温が重なるのが気持ちいい。

「あなたの手にかかるのなら命だって惜《お》しくはありませんが、どうせならあなたのかわいいところを目に焼きつけてからにしたいですね。もう一度私の腕の中で眠ってくださいませんか。愛しいあなた」

至近距離でのぞき込まれて胸の奥がうずいた。抜けるような透明感のある金髪がなびいて白い肌をふちどる。

カーネリアンレッドの瞳が燭台《しょくだい》の炎の照り返しを受けて爛々《らんらん》と輝くのを、声もなく見つめ返した。

「……すみません、困らせるつもりはまったくないのですが……」

ふとその顔がかげりを帯びる。

頭の芯までとろけかかっているサフィージャは虚《きょ》を衝《つ》かれた。

「こうして抱き締めていても、少しもあなたに近づけている気がしません。私はきっとやり方を間違えているのだと思います。そのことがもどかしくてならないのです……」

途方にくれたようなささやきと一緒に、頬の上をみずみずしい唇の感触がかすめていった。

サフィージャは心臓に手を置いた。淡いときめきがほのかに胸へともる。

ためらいがちに唇をついばまれた。冷たい毛束の感触がするりと頬を撫《な》でる。

「こういったことは、やはりお望みではないのでしょうね」

頼りなげにこちらをうかがう視線に居心地の悪さを覚えて、サフィージャはついと視線をそらした。

「……いいえ。今日は……そのつもりで参りました」

安堵の吐息とともに、形のよい目が細められた。

ふたたび唇をこすり合わせてくる。さきほどよりも大胆なその動きに、体の奥底が切なく震えた。

この男の怖いところはこれだ。

あっという間に侵食してきて、何もかも溶かされてしまう。

やわらかなベッドと羽根枕に背中をあずけながらキスを受けて、いっとき時間の流れを忘れた。

薄く閉じた視界の隅で、ろうそくの火がゆれている。

ろう芯から、溶け残りがいやにねっとりと這《は》い落ちていく。

自分はあの蜜ろうのようだと思った。あのろうそくの火が尽きるまでこうしていたいと思ってしまう。

むさぼり合いの末にすっかり欲望を覚えさせられてしまい、浅い呼吸を繰り返していると、目の前の男ののどが鳴った。

黒いローブがはだけて落ち、灰色の普段着だけになる。麻のコルセットはひとりでも着られるタイプのもので、前紐になっていたが、クァイツは要領悪く背中をやたらと撫でさすっていた。

背中を這い回る指がくすぐったく、もどかしい。

背骨や腰の細いところをまさぐられると勝手に息が上がってしまい、サフィージャはいたたまれなくなった。

「んっ……」

息をつめて撫で回される感覚に耐えたが、皮膚がはがされたように敏感になっていて、ちょっとした動きにも体が反応し、背筋が引きつった。

く、くすぐったい。

ば、ばか、やめろ！　――思わず普段使いの言葉でののしりそうになった。

「あの、服……わたくし、脱ぎましょうか？」

耐えかねて申し出ると、王太子は目を泳がせて、「すみません」と小さく謝った。

ちょっとかわいいなと思わされてしまうから悔しい。

みぞおちの蝶結びの一端を引っぱってスルリとほどく。

興味しんしんといった感じの緋色《ひいろ》の瞳に見守られながら、サフィージャはさっそく自分の発言を後悔していた。

こ、これはこれで、すごく恥ずかしい……？

いつもの倍以上の時間をかけてやっと半分ほどく。

指が震えそうになっているのを悟られないよう、精一杯とりつくろった。

「……エプロンドレスをごらんになるのは初めてでいらっしゃいますか？」

豪華なドレスの女ばかりをはべらせていたら、こんな粗末な衣服など見たことがなくて当然だ。

ところが彼はまったく予想外のことを口にした。

「というよりも、女性を脱がせるのは人生で二度目なものですから……」

「……嘘でしょう？」

またまたそんな、と笑い飛ばそうとして、ふと思い出す。

そういえば前回もコルセットには手間取っていたような気がする。

「あなたの目にそう映ったのなら光栄です」

はにかんだように言われてしまって、否定する材料を見つけ損ねた。

「何か誤解されていますよね？　……どうもあなたは私のことをひどく不埒《ふらち》な男だと思っておいでのようですが……」

やめろ。心の中で悲鳴を上げる。

それ以上言うな！

「私がほしいと思った女性はあなただけです。恋があれほど激しいものとはつゆほども思いませんでした……あの神々しく美しい女性は誰なのかと、必死になって追い求めずにはいられなかった……体を重ねてみたいとあれほどまでに渇望《かつぼう》したのも……心の風景をのぞいてみたいと強く願ったのも、あなたが初めてです」

もう許してほしかった。

恥ずかしい賞賛の羅列《られつ》に、のどの奥がむずがゆくなる。

かきむしりたい衝動をこらえて、サフィージャは必死に平静を保った。

どうせもてあそばれているのだと思って忘れる努力をしてきたのに、これ以上ゆさぶらないでほしい。

心がはやって暴走しそうになる。

ほどけたコルセットが左右に割れて胸元を大きくさらけ出す。

外気に触れた胸の頂《いただ》きは、何もしていないのに勝手に欲情して赤くふくれていた。

数秒、声もなく凝視される。

ほんの少しの間だったのに、火をつけられたように体が焼けた。

「いいですね。大きさも形も私の好みです。しみもしわもないクリームのような肌に赤く熟した木苺《きいちご》が乗っているようで……とてもそそられます。口に含んでじっくりと味わってみたくなる」

サフィージャは耐え切れずに耳の先まで真っ赤になった。

直接的すぎる誘惑に頭がクラクラし、視線がうまく定まらない。

「ああ、でも、そんなことをしたら、意地悪になってしまいますか？　触れてもあなたは私を嫌いにならないでしょうか。欲望にはやるあまり執拗《しつよう》にいじめてしまったりするかもしれません」

言葉のひとつひとつがなぶるような色彩を帯びていて、サフィージャはぞくぞくと身《み》悶《もだ》えた。

ついそうされているところを想像してしまい、感情が高ぶって目尻に涙が浮かぶ。

何をその気になってるんだ。

自分で自分に詰問したかったが、生理的な反応はどうしようもない。

「王太子さまのその言い方のほうがよほど意地悪ですわ……」

泣きそうになりながらなじると、彼は目を細めて低く笑った。

「困りましたね。では私に許されているのはあなたの魅力的な体を切ない思いでじっとながめていることだけでしょうか」

「う……そ、それも意地悪ですわ……」

胸を押さえてつんとそっぽを向く。

「おかしなことをおっしゃらないで、普通にしてくださったらよろしいのに……」

「ですが、あなたの普通は私には分からないようなので。あなたを傷つけたくはありませんから、きちんと教えてほしいのです。どのようにされるのがお望みですか？」

「だから、普通に……この間のように……」

「おかしいですね。あなたの話によると、この間の件は私が無理強いしたことになっていたのでは。それともあなたは無理強いされるのがお好みでしたか？」

お、大人げない。

大人げないぞ。揚げ足を取るなんて！　――サフィージャは内心絶叫した。

あれだけ好き勝手にしておいて、この急な手のひら返し。この男最低である。

もやもやと形容できないものがくすぶる体を隠すようにして、いっそう身を縮こまらせた。

「意地悪……わたくし、来なければよかったですわ」

「そんなこと言わないでください……すみません、調子に乗ってしまいました」

手を握りながらそんなことを言うのだからずるい。

「あなたに会えて嬉しくてたまらないんです。まさか本当に来てくださるなんて……信じられない気持ちで胸がいっぱいです。こうして間近に見ていてもあなたは悪魔のように蠱惑的《こわくてき》で、今にも冷静でいられなくなりそうなのです。あなたのその百合《ゆり》のような気高さに翻弄《ほんろう》される愚《おろ》かな男を、どうかお許しください」

慌てて言いつくろう姿に、少しばかりいい気味だと感じて口角が上がった。

その頬をつままれる。

「笑いましたね？　あとでひどい目にあっても知りませんよ。向こう見ずな私のかわいい人」

慈《いつく》しむように髪を撫《な》でた美しい手が、毛先からスルリとすべり落ち、鎖骨をたどる。

呼吸に合わせてかすかに引きつった胸元をひと撫でし、丸みを下からすくい上げた。

大きな手のひらからはみ出す脂肪を、ゆっくりと揉みしだく。

気恥ずかしさといたたまれなさで、サフィージャは視線をさまよわせた。

黙っていないで何か言ってほしい。

破裂しそうな心臓の音を、これ以上聞いていたくなかった。

クァイツの手が長い髪をかきわけ、胸の盛り上がりをすくい取る。

丘のような起伏を、手のひらでぴったり押しつつんだ。

「すごくドキドキしてますね。どこもかしこも感動するほど愛らしい方だ……あなたを自分だけのものにできない不甲斐なさに打ちのめされる思いです」

胸に置いた手のひらが心臓の鼓動を探り当てたようだ。クァイツは楽しむようにしばらく手をそのままにしていたが、やがて鼓動の速さに合わせてこねはじめた。

荒々しく揉みしだかれて、サフィージャは困惑する。

感じすぎる突起が指の付け根にひっかかり、体がぴくんと跳ねる。

体を起こしていられなくなり、羽根枕の海にずぶずぶと沈んでいく。

「ん……、んっ、……はぁっ……」

されるがままにおとなしくあえいでいると、胸部へ金の髪が覆《おお》いかぶさってきた。

クァイツは作りのいい唇を開いて、頂《いただ》きに吸いつく。

指よりもねっとりとした感覚に、下半身がジンとしびれた。

舌先でぷちゅりと果実を押しつぶすようにもてあそばれて、とろりと思考にかすみがかかる。

厚みのある舌にちゅぷちゅぷとてっぺんをすりつぶされるのが気持ちいい。

「ん……く……くふっ……、う……はあ、あっ……も、も……だめ……っ」

理性が残らず飛んでしまいそうな刺激の連続に耐えかねて、サフィージャは腰をくねらせた。

逃げようと後ずさった体が天板に行き当たる。

頂《いただ》きを舌でこそげ取るようにさらわれ、反対側もやさしく指でつままれて、腰がビクビクと浮いた。

口に含まれているほうが熱くてたまらない。

手のひらでもてあそばれているほうは腰にくる。

執拗《しつよう》に攻められて、サフィージャはすっかり前後の感覚がなくなってしまい、すがるようにして男の頭を抱き締めた。夢中になって髪を引っぱり、ひたいを押し返す。

クァイツは口を離すと、悩ましく息をついた。

「あいもかわらず、感じるのが上手な方だ。口で愛されるのがいいみたいですね？　たくさん感じてくださるのは嬉しいのですが、私のほうが先に参ってしまいそうです」

困ったように言うと、プクリととがった先端を唇だけで噛みつぶした。

残酷な甘噛みに、下腹部がきゅうっと縮こまる。

たっぷりと濡《ぬ》らされた胸の先端がうずいて熱を放っていた。

「反対側も同じように愛してさしあげます。いい子ですから、おとなしくしていてください ね」

クァイツは幼子《おさなご》に言い聞かせるような調子でささやくと、さんざん狼藉《ろうぜき》を働いていたサフィージャの手首をつかんで、ベッドに縫《ぬ》いとめた。

甘く自由を奪われたまま、乳首をぬるい口内に吸い取られる。

舌で弾かれるたびに生まれる熱に、サフィージャは背中をのけぞらせた。

「も……、……もぉ、ん……っ、んんっ……、や、やぁ……っ！」

こんなことを続けられたら三十分ともたずに陥落《かんらく》してしまう。

王太子とこうして睦《むつ》み合うのも、しょせんは薬が効き始めるまでの時間稼ぎ。

適当にあしらって逃げるつもりだった。

それなのに、もう足腰はすっかり立たなくなってしまっている。

クァイツはねっとりと濡れた舌先でさんざん乳首を犯しぬくと、泡立つ先端をちゅっと吸い上げた。

媚《こ》びた声を漏《も》らさないよう必死にこらえていたサフィージャも、これにはたまらない。

「ああ……っ！　……っ」

悲鳴を聞きつけ、男は愉快そうにその端整な顔をゆがめた。

角度と緩急を変えて、器用に唇をこすりつけてくる。

くすぐったさともどかしさでサフィージャはおかしくなりそうだった。

そうかと思えば、深くくわえ込んだ口内で激しくすすり上げられ、体の奥底が反応してしまう。

「……んんっ！　……は、……ぁ、……あ、……あまり、しない、で……っ！　お、かしく、なっちゃっ……！　ぅ……くっ、ふぅっ……！」

サフィージャはたまらなくなって瞳をうるませて懇願《こんがん》したが、どうやら相手を喜ばせただけに終わったようだ。もがく手首をいっそう締め付けられ、さらにきつくしゃぶられた。

甘いすすり泣きが、静寂した空間に満ちる。

激しい身悶《みもだ》えによじれるシーツの衣《きぬ》ずれの音が、それに重なった。

弓なりになる上半身をクァイツの力強い手が押さえつけ、真っ赤に濡れた舌先がぐにぐにと胸の頂《いただ》きを押し転がす。

飽きずに何度もつまびかれ、目の前が油膜のように虹色がかった。

じんじんと甘いうずきが生まれて、サフィージャは太ももを左右にゆらしてしまう。

スカートがずり上がり、ペチコートに縫《ぬ》い付けたレースが花のように広がった。ちゅぷちゅぷと波のように続くくちづけが少しずつスカートを乱していき、足の付け根まで露出させていく。

「そんなに見せつけないでください……すんなりとした白い太ももがまぶしすぎて目に毒です。それとも触ってほしいんですか？」

「ちっ……が……」

「おや、そうですか？　がんばりますね。……たっぷりと濡《ぬ》らして、震えているくせに」

ねっとりとしたささやきかけとともに、厚い舌を耳に差し込まれた。

溶けるような享楽がおそってきて、腰が浮き上がる。

はだけたスカートの素足に、冷たい手が触れた。

ふくらはぎをそっとなぞる手つきに、得体の知れない怖気《おぞけ》がかけのぼる。

けんめいに声をひそめて恥ずかしさに耐えた。

クァイツの手がひざから太ももへと押し進められ、半端に引っかかっていた衣服がまくり上げられた。

サフィージャは息をのみ、反射的に足を閉じようとしたが、クァイツが間に割って入っているので無理だった。さらには、太ももの内側に彼のすらりとした腰回りを巻き込んでしまう。これでは逆に誘っているかのようだ。

恥ずかしがる余裕も与えず、彼の唇が耳をゆっくりと食べつくす。

甘くまとわりつく感覚に、サフィージャはとろりと顔を上気させた。

「ん……」

クァイツの吐息が至近距離で聞こえて、それだけで感じてしまう。

そうする間にも、彼の手のひらはもものやわらかな内側に入り込み、つうっと淡く撫《な》で上げた。

その奥にある部分がひくんとわななき、物足りなさを主張する。

そこが熱くてたまらない。

「ねえ？　人の手で触られるのは気持ちいいでしょう？　隅々まで触ってほしくなるでしょう。ほら……」

クァイツの手がもどかしいほどかすかな触れ方で、皮膚の薄いところを這《は》い回った。

くすぐったさに肺から息をいっぺんに奪われ、みぞおちを震わせて刺激に耐える。

焦《じ》らされた分だけおなかの奥から蜜がにじんでたまらなくなっていく。

自分が恥ずかしい格好を取らされていることも忘れて、サフィージャは腰を跳ねさせた。

裸の足腰が彼に押しつけられ、かすかに衣服とすれ合う。

その刺激にも感じてしまっていた。

もう触れられないでいることのほうが辛い。

「してほしいんでしょう？　腰がゆれてますよ。ねだっているとしか思えませんが……ダメですよ、してほしかったら『お願い』って言わないと……」

「ぁ、……お、……っ」

信じられないようなことを言わされかけて、サフィージャはハッとなる。

「っ……ちが、う……もっ……んんっ……」

子どものようにだだをこねつつ、首を振ってクァイツの耳責めから逃げまどう。

艶《つや》めいた声でささやかれていると、なんでも言いなりになってしまいそうだった。

耳のふちをしつこくなぶるクァイツの唇を、いやいやをしながら振り切った。濡《ぬ》れて光るその唇が、ふと楽しげに吊り上がる。

あざ笑うような表情が憎たらしい。

しかし見とれてしまうほど決まっていた。

「違わない。ご自分でも分かりませんか？　音が立ちそうなほど濡れていますよ」

聞かされたくない事実だった。

クァイツがくすりと笑う気配を感じて、サフィージャの胸が悔しさで焼け焦《こ》げた。

もうこれ以上は責め苦に耐えられそうにない。

みだらな欲求がふくれ上がって、どんどんおかしくなっていく。

焦《じ》らされすぎたサフィージャの瞳に涙が盛り上がり、視界が急に狭まった。

涙にかすむ世界の中で、クァイツはたたみかけるようにぐいとひざがしらを押した。

足をぶざまに開かされて、一瞬完全に息が止まる。

恥ずかしさでパニックを起こしかけているサフィージャにはお構いなしで、クァイツはひだのあたりにひたりと視線をすえてきた。

「やっ……待っ……いやぁっ！」

明るいろうそくの光のもとに足の間をさらされて、サフィージャは泣き声でのどをつまらせた。

「何が嫌なんですか？　こんなに濡らして、光らせているくせに。外側がぽってりとふくらんでいますよ。中も血のように真っ赤できれいです……なんだかおいしそうですね。味見をしてみたくなってきました」

「そん……、やぁ……っ！」

や、やめろ。

おいしいわけないだろっ。

サフィージャは真っ青になったが、あまりの言い草に返す言葉が見つからない。

手で下半身をかばおうとしたが、手際よく両手をおなかの上でひとまとめにされてしまい、しばらく無意味なあがきを続けた。

太ももの間に相手の体が割り込んでいて、閉じることができない。

嫌な想像がサフィージャをさいなんだ。このままでは隅から隅まで調べつくされてしまう。

もしかしたら本当に口に含まれてしまうかも……

激しい抵抗感に負けて、サフィージャはプライドをかなぐり捨てて懇願《こんがん》した。

「みっ……ないで、くださいましっ……いや……っ、見ちゃ、やぁ……！」

声が震えてうまく出ない。

とにかく解放されたい一心で、のどから悲鳴をしぼり出した。

「『見ないで』？　違うでしょう。『お願い』って、言えばいいんですよ」

「も……っ、ほんとに、や……、……ッ！」

「いや、ではなくて『お願い』でしょう。……ね？」

そして、人の話を聞かない男代表の王太子は、真っ白い彫刻のような頬を夢見心地にほてらせながら、サフィージャの付け根の部分をしげしげとのぞき込んだ。

もはや悲鳴も出ないほどの羞恥《しゅうち》に焼かれたサフィージャは、肩を縮こまらせて目を閉じた。

硬直するサフィージャをあやすように、やさしい指先が花びらの部分をゆっくりとなぞり上げる。

「あ、く、……ぁっ……！」

つくかつかないかのところをあやうくたどられ、卒倒しそうなほどのむずがゆさが広がっていく。

蜜まみれの指が外周をぐるぐると巡り、耳をふさぎたくなるほど粘着質な音を立てた。

「ほら……『お願い』は？　言えたらご褒美ですよ。がんばってください」

ご褒美て。

い、い、い、犬のしつけか。

言わない、絶対言わないぞ！

首まで赤くなるほどのいたたまれなさに悶《もだ》えつつ、固く不服従を誓う。

ひたすら首を振ってはかなく抵抗するサフィージャの下腹部に、じれったい刺激が加えられる。

花びらをそっとかきわけるだけの動きにすら強烈な欲求がせり上がってきて、サフィージャは泣きそうになった。

とろみを帯びた下腹部にさらに複数本の指があてがわれ、グチュグチュと外側を揉《も》みほぐされる。

「あ、あ、ぁっ、や、んぅぅっ……」

たまらないうずきが背骨の奥からじわじわと這《は》い上がってきて、サフィージャは声を殺しきれずに自分の指に噛みついた。抑えていても悲鳴がひっきりなしにこぼれ落ちる。

指先がこすれるたびにぬちゅくちゅといやらしい音が立ち、まともな思考を根こそぎ殺《そ》いでいった。

や、やっぱり言っちゃったほうがいいのかも……？

体の飢《う》えはもう耐えがたいほどのところまできていた。

このままでは頭がおかしくなってしまう。

「……恥ずかしいですか？」

必死になってコクコクうなずくと、王太子は狂気すら感じさせるいい笑顔でサフィージャの下あごを持ち上げた。

「ああもう、なんて顔をなさるんですか、あなたは……もっとよく見せてください。恥じらいと欲望がせめぎ合うその表情……ゾクゾクしてしまいますね。かわいらしいのもいい加減にしてください」

興奮して唇を合わせてくるクァイツに口内を犯され、サフィージャはどろどろに溶けていった。

「んっ……、ん、んんっ……！」

やわらかい舌の感触をむさぼりながら、これを下腹部にあてがわれるのはどんな感じがするのだろうと思いをはせる。

……腰が砕けるような甘い夢想だった。

「赤くとろけていて、とってもおいしそうですよ。もうじゅうぶん熟しているようですし、いただいてしまってもいいでしょう？」

「く、ぅぅ……、ぁ……ほ……」

もうほしくてたまらなかった。何でもいいから、このうずきを静めて解放してほしい。で、でも、あんな、犬みたいな、あんな……

迷うサフィージャの抵抗をあざ笑うかのようにクァイツの残酷な手が上部のひだをむき、粘膜の赤い粒をひと撫《な》でした。

ようやく与えられたするどく直接的な刺激に、焦《じ》らされすぎた体が激しく引きつる。

「はっ、あ、ぁぁっ……！」

きゅんとするおなかを抱えて、サフィージャはひとたまりもなく降伏した。

「お、おねがい、お願いだから、さ、さわってっ……」

この瞬間のサフィージャは確実に犬だった。

犬以下だった。

もうどうにでもして。

「よく言えましたね……約束ですから、たくさん気持ちよくしてさしあげますからね」

サフィージャは頬を染めつつ、快楽にうるんだ瞳であいまいにうなずいた。

ほかのことなんてもう何も考えられない。

「ほら、ご褒美ですよ。……いただきます」

余裕のにじむ声音にかっと頬が焼ける。

クァイツは浮きがちな腰に腕を回して、逃げ場もないほどがっちりと抱え込むと、目を覆《おお》いたくなるような場所へ美しい目鼻立ちを近づけた。気恥ずかしさが欲求を上回りかけたが、すぐにそんなことは言っていられなくなった。

煮えきっている表面に、ほしくてたまらなかった舌がつぷりと埋め込まれる。

ベルベットのような甘い刺激に、大腿部の外側がぐっと引きつれる。

ひたひたの花びらを熱い舌でなぞり上げられ、サフィージャは体全体を激しく痙攣《けいれん》させた。

「あぁっ……、あん、んん、んんぅ……っ！」

甲高い悲鳴が口から漏《も》れる。

赤くて小さな粒を強く吸われ、ぬるぬると押し回される。

痛いくらいに敏感になっていた部分をいきなり激しく攻め立てられて、内ももがぶるぶると震えてしまう。

「も、もう、だ、だめ、やぁ、あぁっ！」

刺激に耐えきれず、裂け目がひくひくと閉じては開いた。浮かび上がるような快感が何度も爆発して、肺が引きつれるような痙攣が起こる。

「……はぁっ……、ぁ……やんっ……っ、ま、待っ……」

息をつくひまもなく、容赦のない舌が花芯を転がし、押しつぶし、ちろちろと甘くなぞった。

達したばかりの体は簡単に燃え上がり、新たな蜜をあふれさせる。

太ももの間でゆれる金の髪をざりざりとこすりながら、足の甲までそらして快感を受け入れた。

熱い口内が赤い粒をちゅるっと蜜ごと吸い立てる。ぴりぴりとしたしびれがはかなく生まれては消え、波のように体をさらう。ゆらめくひざをクァイツは捕まえ直し、より密着する角度で下腹部を舐《な》め上げた。

「も、……だ、だめぇっ……！　やあぁ……うぅうっ……！」

サフィージャは背中を深く折ってのけぞった。

それを容赦なく押さえつけ、クァイツの無慈悲な舌がふくらみきった粒を絡めとる。

逃げ場のないするどい快感がおそい、腰が魚のように跳ねて、くねった。

下腹部に身悶《みもだ》えるほどの熱がたまりつつあった。

繊細な動きで舌をすりつけられるたびにそれはこらえがたくなり、口内にどっと唾液があふれ出る。

もっと強い刺激をと、はしたなく懇願《こんがん》しそうになる。

赤い花芯がくぷくぷと舌先でいじくり回される。

右に左に転がされて、さんざんもてあそばれた。

サフィージャはいちいち反応して背筋を突っぱらせる。

トロリとした熱い泡が幾度も弾けて、するどい針のような快感が突き刺さった。

痛みとすれすれの甘いしびれがビリビリと体を走り抜け、無理やり熱いものを引きずり出していく。

ものすごく感じるやり方でつつかれて、たまりにたまっていた蜜がこぼりとあふれる。

サフィージャはビクビクと身悶えた。

溶けるような浮遊感が脳を焼く。

ふわりと軽く落ちた先でも、休むひまなく強制的に高みへかけのぼらされ、息苦しさで死にそうになった。

「やぁ……、もう、……むりぃっ……！」

悲鳴は届かず、唇をみだらに濡《ぬ》らしたクァイツに目で微笑まれただけだった。

赤くつややかに光る舌が伸び、クチュクチュと包皮ごといじられる。色っぽい顔つきで熱心に舐めているクァイツをはっきり見てしまい、胸の奥がざわめいた。

唇で挟まれるのと舌先で触れられるのを交互に繰り返されているうちに、目を開けているのが辛くなるほど快楽にひたってしまう。

無限に続く責め苦に不安が込み上げる。

そこばかりいじられていては辛くなる一方だ。

いつになったら奥をいじってもらえるのだろう……？

小突起の表面をやさしく舐められる感触に、爪先《つまさき》にぐっと力が入った。

やわらかくした舌先でくむくむとゆすぶられて、呼吸がひどく苦しい。

むずむずとうずく尾骶骨《びていこつ》のあたりを刺激から逃がそうと努力していると、彼はようやく顔を上げた。

「……腰がすごくゆれてますが、そんなにイイですか？　さかんに誘われているとしか思えないのですが」

苦笑いとともに図星をさされて、サフィージャは泣きそうになる。

花芯をいじられているだけではとても足りなくなっていた。もっと深いところまで触ってほしくてたまらないのに、さすがにそんなことをねだるなんてできない。

「だってっ……」

この男が悪い。

あんなにもう無理だと言ったのにしつこくいじくり回したりするから。

二度も高みに追いやられたのにまた渇望《かつぼう》がふくれ上がりつつある自分の体が恥ずかしかった。

うるおいきった下腹部につぷりと指を差し込まれる。

「ひ、……ッ！」

めばえかけた反抗心がそれだけでぐずぐずと溶かされていき、早く続きを与えてほしいと願ってやまなくなってしまう。

焦りながら思案する。――薬が効くまで、あとどのくらい？

時間の流れが分からない。長い間なぶられていたような気もするし、ほんの短い間だったような気もする。

部屋の中を見渡して、ろうそくが明らかに目減りしているのを発見した。もう、とっくに効いていてもおかしくないのに。

効きが悪いとするなら、常用していて耐性があるか、この男がよほど興奮しているかのどちらかだ。

「そんな目で見ないでください……あなたがあまりにもかわいらしいので、歯止めがきかなくなって困ります。あなたが愛おしくてたまらない……幸せで頭がどうにかなってしまいそうです」

興奮しているほうでしたか。

ぞくぞくと甘い震えが体をかけぬけたのは、ただの悪寒《おかん》だと思いたい。

「ねえ、もう嫌だなんて言わないでしょう？　私を受け入れてくれますよね？　なにしろあなたの体ときたら、心とまったく別の場所にあって……こんなにもろいんですから」

とろとろとやさしくかき混ぜられて、思考が混沌に落ちていく。

「あ、……っ、んンッ……」

長い指が与えられても、もどかしすぎるとしか感じなかった。ほしいところはもっと奥底にあって、埋めつくされることを望んでいる。

内壁の一部をすりすりと控えめにこすられて、甘いしびれが猛毒のように広がった。むしばまれる、犯される。崩れて腐って、落ちていく。

たまらなくなってクァイツの袖を引っぱった。

何を言えばいいのかはもう分かっている。たったひと言でいいのだ。

「お……お願い……もう……」

サフィージャは真っ赤になりながらクァイツの首にすがりつき、乱れた髪をさらさらとゆらしてみせた。

お返しとばかりにぎゅっと抱きつぶされて、骨が抜き取られたかと思うほどとろけた。

クァイツの引き締まった肩口がゆれる。下着や脚衣がもどかしげに解かれていく。

下腹部に熱っぽいものが押しつけられた。

のしかかる上体がかすかに力んで、広がりきらない蜜口に体をねじ込ませていった。

先端がゆっくりと埋まるたび、総毛立つような異物感にじわじわと五感を奪われていき、頭の中が真っ白になる。

「まだ、ぜんぜんなじみませんね。やわらかいけれど……やっぱりきつい。もっとちゃんと慣らしてさしあげたかったのですが……」

うわずった声音が鼓膜をくすぐる。

耳朶《じだ》のでっぱりをやわやわと甘噛みされて、苦痛が少しだけ和《やわ》らいだ。

サフィージャの耳に何度もくちづけながら、クァイツは粘膜の奥地へと腰を押しつけ、挿《さ》し込んでいった。

「んっ……、……っぅ、く、ふ……」

ひだが濡《ぬ》れて広がっていく感覚に、サフィージャは息をつめた。

すべての思考が止まってしまうほどのすさまじい圧迫感だった。

一分のすきもないほどはまり込んだ中へゆっくりと突き入れる動作の途中で、クァイツはかすかにうめき声を漏《も》らした。

「……困りましたね。動けない」

首筋にため息をふきかけられて、ぴくんと腰が跳ね上がった。

行為そのものよりも、かすれた吐息を聞きながら抱き締められているのが気持ちいい。

途切れがちの呼吸には底の深い焦りがにじんでいて、早くひとつになりたいと訴えていた。サフィージャはそれだけで胸がいっぱいになってしまう。

硬くなった体が、知らず知らずのうちに弛緩《しかん》していく。

ドロリとあふれた蜜が、沼のように中をぬめらせた。

つかえがとれて、温められたバターのように切っ先をゆっくりと呑み込んでいく。

ゾクゾク――と寒気にも似た感覚が体をかけのぼる。

ほしくてほしくてたまらなかった刺激に、めまいのするような熱が頭のうちにこもった。

開いた唇の間から舌がこぼれそうになって、慌ててごくりとつばを呑んだ。

熱いものを根元まで受け入れさせられて、おなかの奥が激しく反応してしまう。

浮き上がるような快感が、ひだをどろどろに汚していく。たっぷりとしたうるおいに助けられて、なめらかにくさびが引き抜かれ、すぐにまた打ち込まれた。ズプリと音さえ立ちそうな勢いで、弾みをつけてえぐられる。

中をこじ開けられる衝撃で、冷えていた背筋が一気に熱くとろけていった。

「……ん、っぅ、うく……ッ」

サフィージャの悲鳴を聞きつけ、クァイツが乱れた息の下で小さく笑った。

「あぁ、でも、大丈夫そうですね。じきに慣れて……何も考えられなくなるでしょうから。あなたは本当に――かわいい人だ」

最後は息だけでささやかれた。体をひねり、突き入れる動作に合わせて、男の口からかすかなうめきがこぼれ落ちる。

熱い吐息を耳元で聞かされて、サフィージャはたまらず身悶《みもだ》えた。くすぐったさに甘さと快さが溶け込み、胸の内側をひどくかき乱した。

ごりごりとこすり上げられる感覚に、背中がシーツから離れて浮き上がる。できたすき間に手を差し込まれ、捕われたままでより深く突き込まれた。下腹部に熱いうねりが込み上げて、つま先がきゅっと丸まってしまう。

熱い湯につかったときのようにぶざまなうめきが漏《も》れ出《い》でて、勝手に甘くうわずった。

「う、あ、あぁ……ぁ……んんッ」

一気に貫《つらぬ》かれ、頬が焼けるように熱くなる。ひだをゆっくりとかきわけながら抜かれてゆく感覚に、うなじまでゾワリと総毛立った。

「……気持ちよさそうな声ですね。とってもかわいいですよ」

「……ッ」

からかうようにささやかれて、サフィージャは恥ずかしさのあまり両手で口元を覆《おお》った。

「我慢なんてしなくても……ああ、でも、どうせあなたはこらえられないでしょうし、同じことですね」

「……っ、ん、んんくぅっ……！」

いつまでたってもなじめそうにない大きなものが、ズプリと湿った音を立てて埋まり込み、おなかの側をこすり上げた。

具合を確かめるように動いていたが、弓なりになるサフィージャに気がついて、同じところを攻め始める。

ぞっとするほどの気持ちよさが体を打ち、思わず上半身をねじった。わけもなくクァイツの腕の中から逃れたくなるような衝動が込み上げてきて、必死にもがく。

「……っ、……こちらのほうが、もう限界だ——と言いたくなります。……あんまり乱れないでくださいね？　私のほうが負けてしまいますから」

ズラされた体軸を戻そうとしてか、あごの下でゆれる肩口が弓のようにしなって、抜けかかったものを力強く突きさした。サフィージャはそれだけで達しそうになる。

「や……っ、あ……！　あっぅっ……！」

悲鳴を聞いてもクァイツは手加減せず、先端が露出するまで腰を引き、赤黒く張りつめたそれを深く沈み込ませた。

生々しい挿入感を立て続けに味わわされて、息もできない。

サフィージャは激しい震えがきそうになるのをぐっとこらえて体を硬直させた。

「……もう降参、ですか？　本当にどこまでも抱き心地のいいことだ」

「……っ、……く、……ん、んん、ンッ……！」

ヌプリ、グプリとくぐもった音とともに、何度も何度も突き入れられる。限界が近づいていているサフィージャは嬌声《きょうせい》を必死に我慢したが、自分の意思を裏切って、勝手にあふれてしまう。

「氷のようにつれないくせに、あなたはこうされると弱いんですよね？」

「あっあっ、や、……そこっ……」

「いいんですよね？　知っていますよ。あなたの反応は素直で分かりやすい」

ささやき声と一緒に奥を甘くえぐられる。ねっとりとした快感がせり上がり、全身をむしばんだ。

勝手に腰がゆれるのを止められない。

「……ああほら、そんなにとろけた顔をして。病みつきになりそうです」

そんな顔していない――と強がる気力もなかった。

くわえ込まされた律動に合わせて体の内奥が熱くたぎり、もっとしてほしいとしか考えられなくなってしまう。

「あっ、ぅ、っ……んん、くぅ、ぅうっ！」

「こんなにかわいらしい人を抱いてもやらないなんて、あなたの恋人は救いようのない愚《おろ》か者ですね。あられもない姿を私だけが知っているのだと思うといい気分です」

「そ、んなっ……」

サフィージャは首を振る。そんな相手などいないと訴えたかった。でも言ってしまえば台無しになる。

敏感な一点を集中的に突かれて、ひだが浅くわななないた。快感が今にもふきこぼれそうになって、こらえようとしても背中が大きくねじれてしまう。

自分からしてほしいと懇願《こんがん》した末にようやく得られた快楽で、想像もできなかったような心地よさを味わいつつ、触れられそうで触れられない心の距離に泣きたくなった。

「このまま私のものになってしまえばいいのに」

「……ばかなことを、おっしゃらないで、くだっ……！　あ、ううっ……！」

熱っぽい誘惑と同時に悶《もだ》えてしまうほど気持ちいいところに当てられ、サフィージャは肩まで浮かせてのけぞった。

「暴《あば》れてはダメだと言ったでしょう……、私だって辛いんですよ。かわいいあなたの乱れるところばかり見せつけられて……苦しいですけど、もう少しつながったままでいたいんです」

開ききった花弁に昂《たか》ぶりの根元を押しつけ、ねじり、角度を変えてひどく感じるところを穿《うが》つ。

「もう離したくなんてないのに。……あなたにとっての私は、一夜限りで忘れられる、どうでもいい男なんでしょうね」

強引に奪っておいて何を言うのか。

こんな経験をおいそれと忘れられるわけがない。

非難してやりたくて口を開きかけたが、ふとのぞき見たクァイツの顔が今にも泣きだしそうだったので、急速に怒る気持ちが萎《な》えていった。

消しがたい執着に苦しむ男の顔だった。

力の入った腕がサフィージャを押しつぶしそうなほど抱きすくめる。

「……もしあなたに恋人がいなかったら、私を選んでくださいましたか？」

何かを恐れるようにそっとつぶやかれた問いに、胸が締め付けられるように痛んだ。

もし何の憂《うれ》いもなく、彼から手をさしのべられていたなら、サフィージャも幸せな気持ちでその手を取れたのだろうか。……考える間もなく、深いところまで先端を押し込まれて、あごが跳ね上がる。腰から下が溶けてなくなったかと思った。

強い律動が内奥を犯し、かき混ぜる。寒気と一緒に途方もない悦楽がせり上がってきて、サフィージャはひたすら耐え忍んだ。

やがて、彼女を抱きすくめていた腕が離れていき、クァイツは身を起こした。

クァイツの体に目が行き、思わず息をのむ。細身の外見に反して、筋肉が男らしく張っているのが、着衣の上からでもよく分かった。

「……いいながめです。こうすると受け入れてくださっているところもよく見える」

ひどく残酷な言い方なのに、うずいたところをいじり回されて、体が意思を裏切ってしまう。粘液でとろみをつけた指先が欲でふくれた神経の粒をいじめ抜き、中までもが熱くうるおってしまう。

あえぎすぎて焼けるようだったのどからさらに悲鳴を引きずり出され、脳天がとろけそうになる。

「……、さきほどのは、本当に避妊薬なのですか？」

早口にささやかれた。声からも口調からも、余裕が消えつつある。

「なら——このまま……あなたを汚したって構わない。ですよね？」

「ん……、……は……っ、はい……」

「でも、失敗したときは……？　そのときは、私を頼ってくださいますか」

込められたかすかな期待を断ち切るようにして、サフィージャは首を振った。堕胎ぐらい、心得ている。貴族のご婦人に何度となくほどこしてきた。

「……いいえ。……いいえ……わたくしと、王太子さまは、ですから、これっきりなのですわ……」

クァイツの唇が固く結ばれた。なまめかしく燃えていた表情に、屈辱《くつじょく》が入り混じる。

「……そう、ですか」

彼は短く会話を切り上げると、がむしゃらに突き入れを繰り返した。大胆に、より激しく骨盤をゆらされて、熱い悪寒《おかん》が全身に広がっていく。たまらなくなって自分から大きく足を開くと、丸見えの花芯に器用に指が添えられて、そのままくぷくぷとこね回された。

内側と外側と、両方から攻め立てられて、体が限界を訴えていた。ぐりぐりと袋小路を犯されて、さざ波のように全身が震える。花芯をやわらかくつぶされて、入り口が呼応するようにヒクついた。

「んん……、う——ああ、あぁぁ……っ！　も、……だめっ……！　あっ、あぁっ……！」

かすれた絶叫とともに、全身が激しく波打った。ビクビクと痙攣《けいれん》する体にこれでもかというほど奥深く挿入され、ねじ込まれたものも一緒に脈動するのを、気の遠くなるような快楽の中でかすかに感じた。

「……すみません、我慢できなくて……」

謝られている理由が分からなくて、ひどい虚脱感にさいなまれながらごろりと体を投げ出すと、クァイツもゆっくりと脇に転がった。ズルリと引き抜かれる瞬間、少しだけ体が震えた。

ぼんやりと至近距離の美貌を見つめる。

するといかにも愛おしげに抱き寄せられた。

「かわいかったですよ。すごく……もっとあなたが啼《な》くところを見ていたかった……」

言い終わらないうちに、彼のまぶたが下りてゆく。

興奮が冷めて、一気に薬が作用したのだろう。

泥のような疲労の中で、サフィージャは気力を奮い立たせて、眠らないようにつとめた。

ここから逃げ出さないといけないのだ。

夢うつつのクァイツの腕が下腹に回される。放心していたサフィージャには、それを止められなかった。気を抜いているすきに、さんざんいじくり回された部位に指をもぐり込まされた。

しなやかな指の感触に、サフィージャは息をのんだ。

「や、……さわらない、で……」

達したばかりで疼痛《とうつう》を訴えているそこから、こぽりと白い粘液がかき出されていく。中でうごめく指がひだをこすり上げ、鈍くなっている快感を燃え上がらせようとやっきになって攻め立てた。

「……あ、ぁ……ど、して……もう、終わった、と……」

「……ふふ。かわいい……」

彼の眠たげな目が無邪気に細められる。

「今夜は私のそばに。そういう約束のはずですから……」

ひどくやさしい声で容赦のないことをつぶやいて、クァイツは花弁を割り開き、本格的に中を刺激し始めた。

強制的に高ぶっていく甘い熱に、サフィージャは観念して大きなため息をついた。

その後さんざんなぶられて二度目の挿入を受け入れさせられ、ようやく解放されたときには空が白み始めていた。

第六章　友人はあきらめる

——またやってしまった。しかも二回も。

もはや申し開きのしようもない。

興奮が去ったころにまわりきった薬が作用したのか、ほどなくお休みになった王太子どのを完全放置して、サフィージャはなんとか自分の部屋までたどり着いた。

ひっそりと後悔しつつ、サフィージャは手早く支度を済ませて、魔女の仕事をまっとうすべく馬小屋へ向かった。

馬が二、三頭調子を崩しているというのである。

伝染性かもしれないというので、ひととおり診《み》てやった。

「赤毛と青毛は風邪。そっちの小柄なのは足が痛そうだな。怪我は私には診れぬゆえ、勘弁願いたい」

馬丁《ばてい》の男はひょこりと頭を下げた。

「へえ、それはあっしが診ますが……じゃあおっかねえ病気じゃねえんで」

「触れてもとくに問題ない」

「いつもすいやせん。しかし、そっちのちっこいのも風邪じゃねえんですか？」

「いたって健康だな」

「ふうむ、あっしにはどうも怪我には見えねえんですがね……」

「どういうことだ？」

「いやあその、蹄《ひづめ》も割れてねえし、関節もどっこもおかしくねえんですわ。なのにずうっとあの調子で」

「うつなんじゃないのか。馬は繊細だと聞くが」

「心当たりもねくって困ってるんでさあ」

「うーむ……」

気休めでいいものを食べさせて体でも洗ってやるか。

たまにこれで機嫌が直る馬がいる。さもなきゃ元気いっぱいになるまかふしぎな薬草でも食わせるか……

馬も生き物である。馬丁のきびしい調教についてこられない馬というのも存在する。

そうなれば当然処分も検討に……

「……馬肉か。嫌いじゃないな」

馬の耳が機敏に動いた……ように見えた。

「ああ、そろそろ馬の伝染病用の薬も作らないといけないんだったな。こいつの生き血から何頭分採れるだろうなあ。くっくっく。あっはっは！　ああ、楽しみだなあ！なあ馬よ！」

わざとらしくじろじろと値踏みしてやると、丸くうずくまっていた馬が急に立ち上がった。

イキイキぶりをアッピールしている。

「……今、病名が分かったぞ」

「へえ、あっしも見当がつきましたでさあ」

ただの仮病だ。馬はこう見えて結構賢いのである。

「ああ、いたいた。探しましたよ、サフィージャどの」

馬小屋に顔を見せたのは、土ぼこりと糞《ふん》まみれの小屋にはまるで場違いな、花の香りをまとった美男子だった。

「楽しそうな声が聞こえましたが、何を話してたんですか？」

王太子に気さくに声をかけられ、馬丁《ばてい》は目を白黒させた。

サフィージャもちょっとうろたえた。

汚れ仕事なのでかなりひどい格好をしている。できれば見せたくはない姿だった。

「何しに来たんだお前は……馬小屋で疫病《えきびょう》が出てるかもしれないって、ちゃんと昨日の朝見《ちょうけん》で言っておいただろうが。お前にうつったら私以下十数人のクビが飛ぶぞ」

「いやだなあ、そんなことさせませんよ。サフィージャどのが看病してくれないと困りますし。でも馬丁の責任は問われるかもしれませんね。日ごろの管理が不行届ということでしょうから」

「お前な……」

誤解を招くようなことを言うな。

馬丁は青くなってそそくさと小屋から逃げ出した。

「ずいぶん親しげでしたね？」

「仕事の話をしていただけだ。だいたい今のはなんだ？　馬丁がかわいそうだろうが」

「い……いいじゃないですか。ちょっとした冗談ですよ……」

お前が言ったらしゃれにならんというのに。

「で？　何の用だ？」

サフィージャは馬の世話を焼きつつ、いかにも邪魔そうなふりをして言った。

昨日の今日なので面映《おもは》ゆい。

「今日は友人に代わって昨日のお礼に来ました」

ファイッが視線を外したままで言う。

サフィージャもなんとなくファイッのほうを向けなかった。

「会えて嬉しかったです。……と」

改めて言われると恥ずかしい。

「よかったな」

「……それだけですか？」

「私に言われても困る」

「……そうでしたね」

仮病の馬にブラシをかけてやる。毛並みに艶《つや》が出てきた。

会話が途切れたのに、王太子はなおもしつこくその場にとどまり続けた。

「まだ何か用か？」

振り返ると、彼はおずおずと口火を切った。

「私は……本当は」

彼にしては珍しく、なかなか二の句がつげないでいる。

しばらくブラシをかける作業に専念した。

「……サフィージャどのがみずから友人のもとに行く気ではないかと思っていました」

ふいを突かれてドキリとした。

行きましたけど、などとはもちろん言えない。

「あなたのことだから、自分のことはどうなってもいいからあの娘は見逃せと迫るのではないかと思っていたのです。教会の使節団相手に一歩も引かないお姿はご立派でした」

思わぬところでほめられた。気恥ずかしさに頬が染まる。

「サフィージャどのは目的のためなら自分を犠牲にしてもお辛くはないようですが、自分の預かる部下に無理強いすることには耐えられない様子でしたので……だから、どうして娘を行かせたのかが不思議なんです」

き、きわどい。そしてするどい。

彼の言う女性とサフィージャが別人なら、おそらくそうしただろう。

「彼女が来てくれたのはどうしてなのかと、友人も不思議そうでした」

そういう小芝居を思いつきもしなかったのは、不測の事態が起こって衣をはがされたら正体がバレてしまうからである。

いや、そうじゃないか。

しようと思えば、いくらでも姑息《こそく》な言い訳はできたのだ。

会いたかったから会いに行った。それだけだ。

「彼女がどんな気持ちで来てくれたのか……それがずっと気になっているんです」

サフィージャはしばらく迷った。

余計な未練を残してやるのも残酷なのではないか。

ここできっぱり振ってやれば、いくらこいつでももう何も言えなくなるはず。

「彼女はこれっきりにしてほしいと言ってなかったか？」

「……ええ」

「じゃあ、そうなんだろう。もうあまり追いつめるな」

自分で言っておいて、なぜか辛くなった。

これで彼との関係も終わりなのだと思うと、急に惜しいような気持ちにかられた。

追いかけられるのはそれなりに楽しかったし、まんざらでもなかったのだ。

こいつの口から次から次に出てくる夢見がちなおしゃべりも、それはそれで心を癒《いや》してくれるものだった。

「簡単に言いますよね。いつもいつも」

「仕方がないだろう？　あの娘には恋人がいるんだ。分かってやれ」

「……分かりました」

王太子は平坦な声で答えた。

「……友人にはあきらめるように言っておきます」

息苦しさを感じてブラシをかける手を止めた。

再開しようにも腕がうまく上がらない。

「……でも、私はサフィージャどのと親交を深められたつもりでいるんですが、どうでしょうか」

「え？　ああ……まあ、……楽しかったぞ」

「今後も遊びにうかがわせていただきたいんですが……ダメでしょうか」

「それはべつに構わないが……」

「本当ですか！　いやあ、よかったです」

弾んだ声を出すクァイツを振り返ると、じつにさわやかないい笑顔をしていた。

「今度はお菓子でもお持ちしますね。嫌いなものとかってありましたっけ」

さっそくお茶会の提案までされている。

……あれ？

サフィージャは疑問符だらけになった。

……これ、とくに何も変わってなくない？

＊＊＊

御前会議が開かれた。

高天井の派手やかな大広間に、上級貴族や法曹《ほうそう》官僚がずらりと並ぶ。

なんとなく探してみたが、なぜかクァイツの姿はなかった。

べつにいてほしかったとかいうわけじゃないが。なんとなくだ、なんとなく。

サフィージャはフィリッグ国王陛下の御前に召し出され、壇上に向けて臣下の礼を取った。

「エルドラン・ド・ゴ枢機卿《すうききょう》よりの特許状だが、確かに本物であるようだな」

フィリッグがひげをひねりながら書状を指し示す。

「しかし、そなたはこれをどこで手に入れたのだ？」

え。王太子どのがくれましたが。

あのばか太子、陛下に断りもなくこんなものをよこしたのか。

都合の悪い話を丸投げしたくても、肝心のクァイツが不在である。

「それは……」

しかし素直に言ってしまってもいいものだろうか？

王太子の独断でそんな外交的やりとりが進んでいたとなれば、陛下の面目は丸つぶれである――そしてサフィージャの面目も丸つぶれである。

「……エ、エルドラン・ド・ゴ枢機卿は、私の友人にございます。手紙にて窮状《きゅうじょう》を訴えましたところ、特許状を遣わしてくださいましたが、なにぶん急でございましたゆえ……ご報告が遅れ、面目次第もありません」

「友人……か。そなたはよくよく人の縁に恵まれておるな」

陛下はあまり深く追及してこなかった。ご賢明であらせられる。

あまりつっつくと、陛下と魔女双方が痛い思いをする。誰も幸せにならない。

「サフィージャよ、すまなかったな。彼らの非道な仕打ちを暴《あば》き立てるためとはいえ、そなたには辛い思いをさせた。宮廷魔女の皆もよくぞ耐えてくれた」

陛下からの思いがけないねぎらいに、サフィージャは喜びを隠せなかった。

魔女にとっては認めてもらえるのが一番嬉しいことである。

「もったいないお言葉でございます」

「この書状により、そなたらはますます活躍の場を広げることになるだろう」

錫杖《しゃくじょう》を握る手に力が入る。

枢機卿《すうききょう》からの書状には、『現在、未来、すべての人民へ』というお定まりの宛名が記されている。

この書状は、持ち主の権力が及ぶ範囲で永久に有効であるということだ。

つまり、もう誰も宮廷魔女に対して悪魔崇拝だと因縁をつけることはできない。

サフィージャは教会にきがねなく活動できるのである。

「ところでこの手紙だが……そなたに預けておくわけにもいくまいな？」

この文書がサフィージャの手元にあると、黒死《こくし》の魔女の権能がいたずらに大きくなりすぎる。

宮廷の誰もが危機感を持つだろう。

「それはもちろん、私の持ち物はすべて陛下の持ち物にございます。献上いたしますことに何の異論がありましょう」

「うむ。そなたに狼藉《ろうぜき》を働いた司教めらの処分もふくめて、わしが預かろう」

王は満足げにうなずいた。

午後の用事を終え、眠るために部屋に戻ってみたら、一面が花束やらお香やら手紙やらボンボンやらで埋め尽くされていた。

こんなにたくさんの贈り物を押し付けられたのは初めてだ。

「……なんだ、これは？」

「貴族の皆さんが急に押しかけてきて……あの、いかがいたしましょう」

来客の応対などはテュルコワーズ夫人にすべて任せてあるが、さすがに今回は彼女も戸惑っていた。

手紙を適当に開いてみる。どれもこれも小貴族だ。

ながめているうちに気がついた。

全員教会の手先じゃないか。

通常、文官には平民あがりの修道士などが就《つ》く。公式の書類には、世教《せいきょう》の聖書と同じ言葉が世界共通で使われているからだ。あまり目立たないが、宮廷には修道士もそれなりの数が存在する。

彼らが急にサフィージャのご機嫌うかがいを始めた理由といえばひとつしかない。

枢機卿からいただいた特許状が怖いので、先手を打とうというのだろう。

過去にサフィージャを下賤《げせん》の魔女とあなどって嫌がらせをしてきた不逞《ふてい》の輩《やから》もちらほら見受けられた。この変わり身の早さが宮廷人の真骨頂《しんこっちょう》である。

「くだらない。捨てておけ」

「でも……」

「毒でも仕込まれていたらたまらん。全部処分だ」

「承知しました。でも、なんだかもったいないですわね。こちらのお手紙などなかなか面白うございますわ」

差し出された手紙には、騎士道物語を本歌取りした愛の詩などが書きつけてあった。まあまあ力作だが、サフィージャとしては白々しいだけだった。

「あら、またお客さまが」

侍女が下がっていく。

部屋に甘い生花の香りが満ちている。種々雑多な薔薇《ばら》、アヤメ、ゼラニウム、牡丹《ぼたん》。めのうの首飾りだの象牙《ぞうげ》のくしだの、まるで砂漠の交易市のような多国籍ぶりだ。たぶんサフィージャが異教徒だということに配慮したつもりなのだろうが、どれもこれもフラム教とはまったく関わりがない。興味もないのにとりあえずで贈りつけてきたのがみえみえである。

「お、お待ちくださ――」

「ちょいとお邪魔をば。黒死《こくし》の魔女さまにおかれましてはご機嫌うるわしゅう」

侍女の制止を振り切って部屋に押し入ってきたのは、名も知らぬ男であった。どこかの貴族だろうか。薔薇《ばら》の花を一輪たずさえている。

「無礼な。何用だ」

サフィージャが低く威嚇《いかく》しても、男はたじろぎもしなかった。

「サフィージャさまにささやかながらささげものをいたしたく……勇猛《ゆうもう》なるわれらが乙女に」

押しつけられたのは銀のクロスだった。

男は勝手に距離をつめ、サフィージャの首に鎖を引っかけようとしてきた。

――気持ち悪さでうなじが逆立つ。

サフィージャはとっさにその手を平手打ちにした。

じゅうたんにクロスが音もなく転がる。

「この世でもっとも不快な贈り物のうちのひとつだな。どういうつもりだ」

「いいえ、私もこの機にサフィージャさまのご信奉なさる火の神の教えをたまわりたく、それで私がもっとも大切にしているものをお預けに参った次第」

「あいにくと私は宮廷魔女だ。信徒の勧誘はやってない」

「おお、ではせめてそちらの祭壇に祈りをささげさせてください。神を思う気持ちに宗派の別などございますまい？」

小さな祭壇に近寄っていく男。手順も知らないくせによく言う。

「あ、あの、今はちょっと――」

侍女がまた慌てた声を上げた。

何事かと振り返ると、きらきらしい粒子をふりまきながら、クァイツが腕を組んで立っていた。体をねじって立っているのでスタイルのよさがいっそう強調されている。

サフィージャはひやりとした。

……一番ややこしいのが出てきちゃったな。

誰もが平伏することが約束されている王太子殿下は、その無駄に晴れがましい美貌で歌うように問いかけた。

「これはこれはポワティネの修道院長どの。奥方になんの相談もなく宗旨がえですか？」

ポワティネといえば海沿いのド田舎《いなか》である。首都から遠く、独自の文化を形成している。

こいつもあれか。ボンクラ修道士で貴族のボンボンか。

クァイツもよくこんな末端貴族の顔と名前を覚えているな。

「で、殿下……！　いえこれは、そう、魔女さまに少し占いを頼みたくて参った次第で……いや、しかし！　もちろん殿下のご相談が先ですね！　ははは！　では失礼！」

逃げ足の早さも宮廷人ならではである。

彼らは空気を読むことにかけては超一流だ。

デキる女のテュルコワーズ夫人も、音を立てずにそっと控えの間に戻った。

そしてこの場に寒々しい空気だけが残った。

「……何の騒ぎです？　これは」

テーブルや床に山と積まれた絹や装飾品、花、お菓子を目線だけで示しつつ、クァイツは冷たーい声で言った。

「たいしたことじゃない」

サフィージャは面倒くさいものを感じつつ答える。

クァイツはさっとテーブルに近寄り、開きっぱなしにされていた手紙を読み上げた。

「『私の愛もあのさんざしの枝と同じように、夜と霜《しも》とにかそけく震えさんざめく……』」

クァイツは小首をかしげてこちらを見た。

微笑んではいるが、楽しい雰囲気はまるでない。

「もしかして今のアレがあなたの想い人でしたか？　だとしたらずいぶん変わったご趣味だ」

「な……ち、違うわ！　このばか太子が！」

あっ。口がすべった。

サフィージャは慌てて口を押さえたが、一度出てしまった言葉は引っ込められない。

「おや、そうですか。それは何よりです。あなたにもあの男にも悲しい思いをさせるところでした」

非常にまずい。怒っていらっしゃる。

サフィージャが扱いに困っているのをよそに、クァイツは勝手に部屋の中を調べ始めた。

手紙の送り主を確認し、花束の添え状や贈り物のふたを次々に開ける。

「なんでお前が詮索してくるんだ。関係ないだろうに」

「大ありですよ。私が面白くありません」

クァイツは手際よく贈り物と手紙に分類し始めた。

のみならず、勝手に手紙を開封していく。

「おい、ちょっと、お前……」

「私が気に入らない婚姻を破棄させることができるのをお忘れですか？　黒死《こくし》の魔女をこんなろくでもない貴族たちに持っていかれたくはないですから、その権限をおおいに活用させていただきましょうか」

「べつにこいつらは結婚の申し込みをしようとしているわけじゃなくて……」

「五通も六通も恋文をもらっておいてそんな言い逃れが通用するとでも思っているんですか？」

「……お前は私の何気取りだ」

「将来的な主君。そうでしょう？　まあ、知っていて媚《こ》びを売る気がまるでないところがあなたらしいといえばあなたらしいのですが」

クァイツは読んでいた最後の手紙を放り投げた。

「……教会の人間ばかりですね。おおかたイースの大司教が捕まったのを見て身の危険を感じたんでしょうが……」

「だからたいしたことじゃないと言ったろう？　何を勘違いしたのか知らないが……」

「でも、サフィージャがうんざりして言うと、クァイツは面白くなさそうな顔で言い返した。サフィージャどのも私の結婚相手にはいろいろ注文をつけたいご様子ですし、おあいこではないかと」

「それはお前が王族にあるまじき行動ばかりするからだろうが」

「私はただ好きな相手と結ばれたいだけです」

「だからそれがダメだと言ってるんだ……」

クァイツは目を細めた。

「じゃあサフィージャどのは誰なら私の結婚相手にふさわしいと考えてるんですか」

「それは……だから、王女や公女や……」

「具体的に。名前で」

こいつにふさわしい女？――それを考えろと？

呼吸が止まりそうになった。

想像するだに辛いことだった。

サフィージャは感情を押し殺しつつ、事務的に心当たりのある有力貴族の令嬢の名を順にあげていく。

「……サフィージャどのは本当に彼女たちでいいんですか？」

そりゃ、よくはないけど。

「いいもなにもないだろう。義務みたいなものなんだし……」

思ってもいない言葉が勝手に口をつく。

「そうじゃないです。つまり彼女たちは王太子妃、ゆくゆくは王妃になるんですよ。あなたの仕える主《あるじ》です。本当に彼女たちでいいんですか？」

「それはもちろん……」

「彼女たちよりも、黒死《こくし》の魔女どの、あなたのほうがよほど外交能力があるし、人心をつかんで組織をまとめる力も持っている。あなたはあんな凡庸《ぼんよう》な女性たちにひざまずくことができますか？」

とんでもないことを言い出した。

なんなんだ。

「あ、当たり前だ……お妃《きさき》さまを陰ながらお守りするのも私のつとめであって……」

「私は嫌ですね。あなたがほかの人間に平伏するところなど見たくもない。あなたがひざまずく相手は私ひとりであるべきです」

そして彼はやさしく微笑みながら言った。

「だってあなたはいずれ私のものになるんですから」

クァイツはなおも二、三しゃべっていたが、サフィージャは自分がなんと返事をしたのかも覚えていない。

彼が悠然《ゆうぜん》と去っていったあと。

サフィージャはその場にへたり込んだ。

何ひとつ決定的なことは口にしていないが、どうにも外堀を埋められているような気がするのは、考えすぎだろうか。

しかし、と留保がつくのは、正体が分かっているのなら、サフィージャの意思に関係なく即座に愛人に召し上げてくるのがこの男のやり口だと思うからなのだが。

サフィージャはぼんやりと、これからどうなるのだろう、と思った。

彼は妃《きさき》をめとらないつもりなのだろうか。

つい先日彼女のことはあきらめると言っていたばかりなのに、いきなりサフィージャを構い始めたのは——

「……『彼女』よりも、『黒死《こくし》の魔女』のほうに興味がわいてしまったから……とか？」

いやいやまさか。まさかそんな。

気のせいだ。

考えすぎなんだ……後ろめたいから何でも意味ありげに思えてくるんだ。

たぶんあいつは何も考えてないだけだ。

「単に黒死の魔女を部下として大事にしたい、ということだろう……」

きっとそうだと無理やり結論づけて、サフィージャはベッドに倒れ込む。

うとうとしながら今日の出来事をはんすうした。

あの枢機卿《すうききょう》の書状があれば、今後は宮廷魔女のあり方も変わってくる。

今までは教会に遠慮して、悪魔崇拝だと疑われそうな異教の儀式や、先祖伝来の秘薬、医術などは控えていたが、今後はもう少し自由にできるようになるのだ。

そうなれば、宮廷魔女は未婚の乙女でなければダメだという規定も変わっていくだろう――

……あれ？

サフィージャは思わず跳ね起きた。

魔女が乙女でなくてもいいのなら……

「あ……愛人兼宮廷魔女？」

こ……恋人しつつ魔女とか……ありなの……？

昼は魔女で夜は……とか……

「ばっ……ばっ……ばか！　何を考えてるんだ！」

非常に魅力的な案に思えてきた自分に気づいて、サフィージャはベッドに頭を打ちつけた。

だいたい妃もめとらずに魔女を愛妾《あいしょう》に囲う王太子など前代未聞だ。

陛下とお妃さまがどんなにお嘆きになることか。

あいつには首に縄つけてでも由緒正しい貴族令嬢を娶《めあ》わせなければならないのだ。

そして愛妾はそれを指でもくわえてながめているのがお似合いなのであって、楽しく幸せな交際生活とかは待っていない。

彼がほかの女と華々しい結婚式をあげ、国中に祝福されながら子をもうける一方で、愛妾は国を傾ける毒婦よとうしろ指をさされながら、金糸銀糸の宝飾にまみれた実のない宮廷生活を送るのだ。

……それはそれで嫌だなあ。

サフィージャはへろへろと力なくベッドの上に倒れた。

やっぱりバレないにこしたことはない。

今後も逃げ続けるしかないなと改めて思い直した。

どうしよう。さっきまであんなに眠かったのに、目が冴《さ》えて眠れなくなってしまった。

ドキドキする心臓の静め方も分からないまま、サフィージャはこれでもかというくらい枕を抱きつぶした。

第七章　一緒にいたくて

「このチェス駒、少し変わっていますね。象やラクダや……それに船まで」

クァイツが棚から駒をつまみ上げながら、ふいにそんなことを言った。

古代王朝風のチェスで、今でもフラム教徒の間ではよく遊ばれている。

磨き抜かれた黒檀《こくたん》とオリエンタルな朱塗りが対《つい》になって並ぶ。

「ああ、異国のチェス盤だ。ルールも微妙に違う」

「へえ。名品ですね。彫りが細かい」

「だろう？　だが、ただの飾りじゃないぞ」

「おやりになるんですか？」

「普通のチェスよりは得意だ」

「ということは、普通のチェスもご存じですか」

「貴族のご機嫌とり程度にはな」

「お強そうですね？」

「それほどでも？」

男の目がキラリと光った。

「ルールはどんなふうに違うんですか？」

「そうだな、まず女王の代わりに将軍がいるんだが、斜めひとマスしか動けない。それに……」

サフィージャは盤上の駒を動かしながら、ひととおり説明してやった。

「……違いはこんなところだ。質問は？」

「いえ、よく分かりました。せっかくなのでお手合わせ願ってもいいですか？」

お。やる気か。

これまでにも腕に覚えのある貴族が興味本位で遊びたがったが、ローカルルール版のほうでサフィージャを破ったものはまだいない。

「言っとくが、手のやり直しは受けつけないからな」

「もちろんですよ」

ずいぶんな余裕だ。

こいつも王族のはしくれ、この手の教養は嫌というほど仕込まれているだろう。

それなりに楽しめそうだとサフィージャはほくそ笑む。

しかし、序盤の進行は実にたどたどしいものだった。

なんだこいつ、ヘタクソか。

歩兵を思いつきで進めるばかりで、手らしい手が感じられない。

サフィージャはなんなく自分の有利に局面を進めていった。拍子抜けである。

微妙にルールが違うとはいえ、チェスの技がまったく通用しないというわけではない。

動きの変わらない船などを中心に戦術を組み立ててくるかと思えば、無意味に走らせるばかりでそんな様子もない。

まあいい、この男の悔しがる顔は見物だろう。

盤面が進み、ちょうど中間にさしかかったところで、サフィージャはようやく気がついた。

遊ばれている。

序盤の悪手は様子見。サフィージャがラクダ兵や船を警戒しているのを早々に見抜いたらしく、そちらをおとりに使って誘導。まだ完成してはいないが、徐々にハメられつつある。

このままいけば、じわじわとなぶり殺しだ。

はためには戦局が拮抗《きっこう》していい勝負が続いているようにしか見えないだろうし、もちろんサフィージャとて一局や二局で負けてなんてやるつもりはない。しかし、どうあがこうともこいつの勝ちはゆるがない。

強いどころではない。片手間にサフィージャをもてあそんでいる。

「……負けた」

早々に宣言すると、クァイツは面食らったようだった。

「え……？　で、でも、まだ駒はほとんど残っているじゃないですか」

「もう勝負はついただろう」

「そ、そうでしょうか……？」

「ばかにするな、棋譜《きふ》が読めないとでも思っているのか？」

サフィージャは腹立ちまぎれにまくし立てる。

「いったいなんなんだ？　私に気づかれないようじわじわ包囲網をせばめていたつもりだろうが、これだけの腕があるなら真っ正面から切り込んで勝ちにくればいいだろう。さんざんなぶりものにして楽しんだあとにゆっくりトドメを刺すつもりか。こんなにイヤらしい勝負はなかなかないぞ。お前の性格の悪さには恐れ入る」

「……そんなつもりは……」

「じゃあ何なんだ。今、私は非常に気分が悪い」

「す、すみません、でも、サフィージャどのはお強いと思いますよ」

「それはどうも。天才のお前にそう言われると嬉しさも倍増だ。手加減されたあとだととくにな！」

「ち、違うんです、聞いてください……」

クァイツは困り果てて、ぶたれた子どものように身を丸くしている。

勝負に負けて当たり散らすなんて最低だとは思うが、なぜかこのときのサフィージャは自分で自分を止められなかった。

それどころか、胸のすくような思いでクァイツを見ていた。

もっと困ればいい。

「そんなふうに見えていたとは知らなくて……私はただ……」

いつ何どきでもよどみのない弁舌が、面白いぐらいとどこおっている。彼らしからぬ怯《ひる》み方だ。

「た……楽しかったんです……だから……」

「ほっほーう。私を踊らせるのはそんなに楽しいか。楽しかろうな、ぶざまなあがきを高みから見物できるんだから！」

自分でも何を口走っているのか分からない。

ただ、普段から感じている漠然とした違和感がそれを言わせた。

「……あなたには、私の気持ちなんて分からない」

なぜかひどく傷ついたように言うと、彼はわざとらしい笑みを浮かべた。

「……申し訳ありませんでした」

「……」

素直に謝られてしまうと、それ以上はつっかかりにくい。

「この埋め合わせをさせていただけますよね？」

「……いや、べつに、そこまで怒っているわけでは……」

「でも、私の気が済まないので。なにかほしいものがあれば、どうぞ遠慮なく言ってください」

「とくに、そんなものは……」

「では、考えておいてください。また、来ますから」

それから小さな声で付け加える。

「……また、会って、くださいますよね？」

ふてぶてしく身勝手な男が、目も合わせられずに縮こまっている。

暗くふさぎ込んだ瞳も憂《うれ》いをたたえていて美しい。

ひざをつかんでいる指の関節が、強く握り締めるあまり白く浮いていた。

そんなに怯《おび》えることもないだろうに。

サフィージャはなんだかばかばかしくなってきて肩から力を抜いた。

「……次はつまらない小細工《こざいく》なんかするなよ。この黒死《こくし》の魔女はそう簡単に負けてなどやらない」

「あ……ありがとうございます」

ほかにもいろいろ言いたいことはあったが、身を乗り出して言う彼が、ちぎれんばかりにしっぽを振る犬のようだったので、サフィージャはまあいいか、と思った。


次の日の夜。

「最近ずっとそれを作ってますね」

クァイツが無造作にのぞき込んでくるので、サフィージャはあやうく手がすべるところだった。

あらかじめ引いておいた白墨《はくぼく》の線を大幅に越えて、ナイフがずるりと牛の角《つの》に食い込む。

「神像をな、こないだ司教どもが勝手に壊していったんだ。偶像崇拝は大罪とかなんとかで……うちはそういうのは使わないんだが、精霊信仰なんかはそうもいかなくてな。手伝ってやってるんだ」

ナイフが抜けなくなってしまった。

苦心していると、クァイツは作りかけの細工《さいく》を観察しつつ、言いにくそうに、

「前から思ってたんですが……工作、苦手ですか？」

とはっきり痛いところを突いてきた。

こいつが見ている前だとどうにも角《つの》がうまく削れない。力加減をしくじってばかりいる。

「うぐ……いつもはもう少し……」

「ナイフの持ち方が危なっかしい。ここを持ったほうがいいですよ」

背後に回ったクァイツが、ナイフの柄《え》ごとサフィージャの手を握る。

思わず肩がびくっとしたのは、不可抗力だろう。

指先に温かな人肌を感じる。恥ずかしくて直視できない。

「……いいこしらえのナイフですね」

耳元でしゃべらないでほしい。

絶妙な距離感がくすぐったい。

「これも儀式用のものですか？」

疑問に思うのも当然だった。きらびやかすぎて実用には向かない品だ。

「ああ、そうだ」

「見せてもらってもいいですか」

男の手で青銅の刀身がろうそくの光にかざされ、鈍く輝いた。

純銀の柄には繊細な透かし彫りがほどこされ、めのうやかんらん石がはめ込まれている。

モチーフは動物で、たてがみや翼などが克明に刻まれていた。

「火炎神信仰なら黄金を使うと聞いたのですが、これは銀なんですね」

「よく知ってるな、お前」

「どうして銀のナイフなんです？」

「ちょっと事情があって……それを聞いてどうするんだ？」

「べつにどうも……あなたのほしそうなものがいまひとつ分からないのでお聞きしてるんですが」

そ、それもそうか。

少し前に、プレゼントをするとかしないとかいう話もしたんだった。

サフィージャはちょっと自意識過剰になっていたおのれを恥じた。

「最大司祭の位をもらったときの記念に贈られたものでな。私は魔女だし、黄金はあまり似合わないと言われて。悪神の象徴は水・闇・死だから、そちらのほうが黒死《こくし》の魔女にはふさわしいだろうということで、特別に銀で作ってもらった」

「貴石《きせき》が緑色で統一されているのは？　これも悪神の象徴ですか？」

「……いや、まあ……」

このナイフは、サフィージャに似合うように作ってくれたと聞いた。

たぶん緑髪だから緑で、とかそういう安易な理由だと思うけど。

余計なことを言って、普段は隠している髪の色まで把握されてしまうのはちょっと危ない気がする。

「どなたからの贈り物なんですか?」

「学校の先生から……」

「ただの一生徒にこんな逸品を?」

「いいだろう、べつに……」

彼はさらに身を乗り出して、サフィージャの顔をのぞき込む。

サフィージャはひじごと大きく後ろに体をそらした。キスでもされるのかと思うぐらいの近さだったので、反射的に体が動いてしまった。

「な、なん……」

「もしかして恋人というのはその方だったり……」

「は⁉ ち、違うわ！」

フラム教の司祭の作法などを教わった先生だ。祈祷《きとう》時に用いる言葉をちゃんと教えてくれる人が彼しかいなかったので、最大司祭になるまでかなり長く師事した。鬼のようなスパルタ式でさんざんぶん殴られたし怒鳴られた。あのじいさんのことは今でも恐ろしいが、最大司祭になったことを泣いて喜んでくれたのも彼である。

彼が火炎神信仰華やかなりし古代王朝時代の彫り物を忠実に再現して、こんないいものを作ってくれたときには、不覚にも泣いた。

――というようなことを勢いよくまくし立てると、ばか太子は聞いていたのかいないのか、

「なるほど、参考になりました。しかし、恋人は薬学、天文学など他の先生という線もありますね」

と納得したようにうなずいた。

「……お前な……いい加減にしろよ……しつこいにもほどがあるぞ」

「それは失礼を。この話題のあなたはからかいがいがあるもので」

「ぐうう、生意気な……自分がちょっと前まで恋だのなんだの大騒ぎしていたのをもう忘れたのか」

「い、いいえ、それは友人の話ですし……」

クァイツが気まずげにずるずると後ろに引っ込んでいく。まだその設定を引っ張ってたのか。ややこしいからいい加減統一してほしいんだが。

ついでに彼の手からナイフを取り返した。

冷たい銀が、彼の手の熱でほのかに温められていたが、意識するまいと強引に握り直した。

角《つの》の側面に刻み跡をつけていく。

「……まあ、彼ならむしろ現在進行形でドロ沼にはまっていっていますが……」

サフィージャはあやうく指を切り落とすところだった。

「ああ、危ない！　……もう……工作をするなら狩人が使うような鋼鉄のナイフを使ったほうがいいですよ。握りも木のもののほうが安定しますし」

「いや、それより、お前、あきらめるとかなんとか……」

「無理に会おうとするのはやめたそうです。でも心の中で想い続けるのは自由だ、と」

サフィージャは無言でそっとナイフを置いた。

今使ったら確実に五本の指を残らずそぎ落とす。

そろそろ勘弁してほしい。心臓が持たない。

その日以来、彼の前で工作するのはやめようと心に誓ったサフィージャであった。

そしてまた別の日。

「以前から気にかかってたんですが」

持参したお菓子をつまみつつ、クァイツがまじめな声を出した。

「サフィージャどのの恋人はあまり頻繁に会いに来られないようですね。まだ一度もお見かけしていない」

い、痛いところを突いてきたー。

そりゃ来れるわけはないのである。

恋人というのは仕事のことだからだ。

「こう言ってはなんですが……あなたの恋人はちゃんとあなたを大切にしてくれていますか？　ちょっと心配になってしまいます」

「大切にも何も……こちらが尽くさないとすぐに見限られるというかだな……」

なにしろ筆頭魔女という地位である。

うかうかしているとすぐに下から不満が上がってくるし、これでも結構苦労しているのだ。

「なんですか、それ。おかしいでしょうに。自分勝手な男だ」

身勝手さで言ったらお前もたいがいだと思うぞ。

「じゃあもう別れますよね？」

「なんでだ。私は今幸せだ。まだこれからしたいことがたくさんあるんだ」

「したいことって……婚前に何をするつもりなんですか。ダメですよ。絶対ダメです」

何を言ってるんだこいつは。

変な想像をしないでほしい。

「私は異教徒だぞ。そちらの常識など知るか」

「……！」

いたずら目的であおってやると、王太子はさらに妙な想像を加速させたのか、この世の終わりのような顔をして頭を抱えてしまった。

さすがは堅物《かたぶつ》で通っている王太子。潔癖というかなんというか。

ちょっと面白い。

「冗談だ。宮廷魔女なんだから禁欲主義に決まっているだろう」

『神に関することはすべて教会が裁く』

国教の連中は異教の信仰に対しても絶対的な発言権を有している。

苛烈《かれつ》をきわめる魔女狩りも、そうした特権によるものだ。

「でも、じゃあ、魔女になる前は……？」

「私は物心ついたころから宮廷魔女を目指していたからな。ちゃんと教会法に添って暮らしていたぞ」

宮廷魔女は皆それぞれに教会風の教義を採用している。サフィージャも例外ではない。

「それを聞いて安心しました」

やけに嬉しそうに言われてしまった。

どうにもいたずら心をあおる無邪気さだ。

「しかし、本来のわれらフラム教徒は非常に享楽的だ。禁欲など絶対に教えぬ」

「なんで……すって……？」

動揺しすぎである。お、面白い。

「とりたててタブーなどなく、罰則も設けていないな。当事者同士がよければ不倫などにも寛容だ。娘が乙女かどうかにもまったくこだわらない……」

さらにたたみかけてやると、クァイツは真っ青を通り越して白くなり、ついには獰猛《どうもう》な笑みを浮かべ始めた。

「……弾圧したほうがよさそうですね」

こ、怖い。

ちょっと刺激しすぎたらしく、目が完全にすわっている。

サフィージャは久しぶりに心の奥底から震えた。

「なんと恐ろしいおぞましい邪教なのか……かくなる上は勅令《ちょくれい》を……」

「お、落ち着け、冗談だ！　さすがにそこまで奔放《ほんぽう》なやつはいない。痴情《ちじょう》のもつれなんかもあるから、基本的には一夫一妻で、夫婦仲良くやってるのがほとんどだ。だから弾圧だけは本当に勘弁してくれ」

「嫌だな、冗談ですよ」

嘘だね。今、祈祷書《きとうしょ》を残らず燃やし尽くしてやろうって顔してたね。

「そういえば……フラム教では聖職者の結婚も許されていると聞いたんですが」

よく知ってるなあ。彼のこの謎知識には毎度驚かされる。

「ああ、そうだ」

「驚きですね。聖職者は禁欲的なものだと思っていましたが」

「そうだな、世界的に見ても珍しいな。どこもたいてい聖職者は妻帯禁止だが、うちは結婚しないでいることのほうが罪だ。どんどん産み増やせとさえ言われる」

「それは相手が異教徒でも大丈夫なんですか？　たとえば相手の男がそちらに改宗すると言えば問題ないんでしょうか」

「いや、ダメだな。異教徒間の結婚はご法度《はっと》だし、うちは父親が信徒でなければ入信できないという決まりがある」

「そうなんですか。難しいですね……」

ゆるい宗教ではあるが、純血主義的な側面もあるので、信徒が減っているのが悩みの種であったりもする。

「ではサフィージャどのが結婚するとしたら……」

「フラム教徒とだな。私はこれでも数少ない最大司祭なんだ」

「恋人のために信仰を捨てたりするつもりは」

「まったくないな」

彼はしばらく妙な顔で押し黙っていたが、やがて口を開いた。

「だから今のお相手と結婚しないんですか？」

「いや、まあ……それとこれとはまた別というか……」

そもそもそんな相手いないんだっつうの。

「……本当にその方のことが好きなんですか？」

「そりゃお前、好きじゃなきゃとっくに……」

やめてる、と言いかけて口ごもった。

「とっくに……なんですか？」

「……いいだろ、もう。そうむやみに追いつめるな」

「好きな男の話をしていて追いつめられていると感じるのも、なかなかだと思いますが……」

そりゃお前が尋問してくるからだろうが。

「どうやらあまり報われてはいなさそうですね」

「ほっといてくれ……」

「どうせならもっと大切にしてくれる人を選ばれてはいかがですか。ほら、一緒にいて楽しいとか。そういう。ね？」

何が『ね？』だ。

クァイツのおしゃべりを聞いていると、なぜか彼が行商人に見えてくる。押し売りなのは分かっているのだが、口上が見事でつい楽しく聞いてしまうのである。

「お前はいろんな才能に恵まれているな」

「え？　何か言いました？」

小首をかしげている男をよそに、サフィージャはふと、自分が報われるのはいつだろうかと考えた。

筆頭魔女にはなった。できることもずいぶん増えた。

でも、疫病撲滅《えきびょうぼくめつ》の根本的な解決にはなっていない。

国内の医者はほとんどが教会の人間だ。彼らは病気も神の試練だと考えているので、人の手で積極的に治療するのは罪だと説《と》いている。祈りや忍耐などで病気を克服すべきだとして、精神的な治療——告解などに力を入れている。

魔女結社の医者や宮廷魔女は、より実践的な薬学や医術を重視しているので、怪我や疫病などの治療法に強い。しかし規模が小さいので、各地の修道院や教会の医師に比べてできることが少ない。

——本気で国内から疫病を駆逐《くちく》したいのなら、宮廷魔女を目指すべきではなかったのかもしれない。改宗する覚悟があるのなら、国教徒となって、教会の中から薬学などを普及させていくという方法もあった。

「とにかくもう少し人を選んで……聞いてますか?」

「ああ。なんだかその気になってきた。お前は説明がうまいな」

「そ、そうですか。分かってくれたならいいんです」

目の前の男の、神に愛された美貌をしみじみとながめつつ、確かにこいつ以上の値打ち品には滅多にお目にかかれないんだろうなあ、という気持ちにさせられるサフィージャであった。

見とれていると、視線に気づいたのか、彼はなんだかそわそわし始めた。

魅力的な陰影を宿した頬の上に花のような淡紅色をのせ、色素のうすいまつ毛を伏せる。

「最近では私があなたと懇意《こんい》なのではないか、と、うわさされたりも、しているようなんですが」

テレるのはよせ。似合いすぎてて反応に困るだろうが。

「それはお前がひまだからだろう。お前、普段は何をしてるんだ？」

最近のこいつは気がついたら周りをうろちょろしている。

そしてこの質問攻めである。

一番いいのはこちらから聞き返して相手にしゃべらせておくことなので、今回もそうした。

「ひまじゃないですよ、いろいろしてます」

「じゃあ今日は何をしてたんだ。午前にも午後にも顔を見せて、今だって油を売ってるじゃないか。もう少しまじめに働け」

「働いてますって。午前から昼にかけては首都の高等法院に行ってましたよ。午後もそれがらみで面会しましたし」

「誰と何をしてたんだ」

「あまり大きな声では言えないんですが……モンペシェに古代法で有名な教授がいて、人事に手を入れるのに生徒を送ってもらえないかと思いまして」

「モンペシェって隣国の大学じゃないか。そこの教授とどういうつながりだ」

「どうって、普通に友達ですが」

こいつの友達つながりはどうなってるんだ。

「で？　高等法院の人事をどうするんだ？」

「まだ微妙なところなので何とも言えないんですが……」

「誰にも言わないから言ってみろ」

彼はしばらく眉を寄せていたが、やがて身を乗り出して、声を低めてぼそぼそと言った。

「……前から汚職が目立っていたので、いっそ国内の裁判官から聖職者を追い出そうかと」

サフィージャは思わず居住まいを直して聞き耳を立てた。

「教会法を廃止して、古代法を学んだ人から雇っていくつもりです」

――この国には二つの法が存在している。教会法と古代法だ。組織力などの問題でおもに教会法のほうが優先されているが、もともと教会法は古代法をもとに発展してきたため、どちらも権威のあるものとして尊重されている――

「……ものすごく面白そうじゃないか」

「でも、ほら、教会関係者からは当然猛反発を食らうはずですから、あまり表立っては行動できなくて。そこであなたのところで油を売っていると見せかけていろいろと。なので遊んでいるわけではないんです。それにあなたと変なうわさが立ったりしたら迷惑になるかなあと思ったりもして、一応、その、聞いてみたかったんですが……」

なるほど、秘密裏に工作していたのか。

微妙に何かを勘違いしそうになっていた件は脳内から抹殺しつつ、サフィージャは震える声でつぶやいた。

「お前……やればできるじゃないか……私は今すごく感動している」

「どうしてでしょうか。聞き捨てなりませんね」

「自分の行動をよく振り返ってみるがいい」

恋バナしてお茶飲んでお菓子を食べてる姿ばかり見ていたので、そういうやつなのかともうあきらめかけていたが、まだ希望がないこともないようだ。

まことにめでたい事柄である。

実現すれば教会の勢力を殺《そ》げるではないか。

そもそもやつらは宗教的な発言権ばかりか世俗のこまごまとした裁判権までも握って

おり、賄賂《わいろ》で罪状を揉み消したり判決を都合よくねじまげたりと、暴虐の限りを尽くしているのである。

クァイツのふふっとふき出す声でわれに返った。

「……あなたが嬉しそうだと、私もやりがいがあります」

「ああ、どんどんやってくれ。私にできることなら協力しよう」

「ではいずれご助力願いましょうか。……嫌というほど」

「う……お前は人使いが荒いからなあ……」

心が高揚したついでに、目の前の男にお茶を淹《い》れ直してやった。

めったにやらないサービスだが、今日くらいはいいだろう。

「やっぱりサフィージャどのは教会をよくは思っていないんですね」

唇についた菓子の砂糖の粉をひどく色っぽいしぐさでぬぐいつつ、クァイツがふと確認するようにつぶやいた。

「当たり前だ。恨みなら売るほどある」

「なるほど。覚えておきます」

ふんわりと微笑む顔は、教会でいうところの四大天使のそれであった。

第八章　うるわしの魔女

自室でもくもくと儀式用の牛の角《つの》を削っていると、いつものようにクァイツがやって来た。

何か用かと聞くと、用がないと来てはいけないのかと返されるのが常だったが、この日は違った。

クァイツは見慣れない従者を連れていた。この部屋に来るときはいつもひとりでフラフラしているから危ないなと思っていたのだが、部屋まで従者を連れてこられても困ってしまう。男が二人もいると、さすがに部屋が狭く感じる。

長身の男だった。

フードを深くかぶっており、その表情はよく見えない。

見覚えのある修道会の黒と白のローブに、さすがのサフィージャも緊張した。

彼らは敬虔《けいけん》すぎて、神の犬と揶揄《やゆ》されるほどの狂信的な一団で、異端審問のプロなのだ。

いったいどれほどの魔女が彼らによって不当に裁かれ、焼かれていったことだろう。

部屋に入った瞬間から、男の意識がまっすぐに自分へ向けられているのを、サフィージャは感じていた。

ろうそくを反射してきらめく眼光がやけにするどい。

サフィージャはその射抜くような視線をわずかも浴びないうちに察した。

この男は少し――まずい。

何がどうとは説明しがたいが、危険であると本能が告げていた。

「神の番犬が魔女の巣穴に何用だ」

ひとまず格好だけでも恐怖の魔女らしくとりつくろう。

しかしその男は落ち着き払った美声で当意即妙《とういそくみょう》にやり返してきた。

「……これは異なことを。預言者さえ断罪する私たちを番犬などと……『汚《きたな》らしい豚』とののしられたほうがいくらか気が晴れるというもの」

サフィージャは眉をひそめた。

今の発言はわがフロライユ王国の言葉だったが、『汚らしい豚』をとある外国の言葉で言い換えると、特定の異教徒の賤称《せんしょう》になる。

しかし、修道士が異教徒であるはずがない。

この国ではほとんど知られていない言い回しなので、偶然かと思っていると、謎の男はずいと一歩前につめた。

「さあ、魔女さま。存分にこの豚めをののしってください。恥知らずの豚め——と」

な……何を言ってるんだこいつは。

ぎょっとしてクァイツの顔を見たが、彼もびっくりしていた。

何だこいつは、と目で訴えかけると、盛大に首を振られてしまった。

クァイツとしても想定外だったらしい。

「……ちょっと悪ふざけがすぎるのでは。あまり女性を驚かせるものではありませんよ」

「友よ。あなたも人が悪い。私が誰だか、魔女さまはまるでお分かりでないご様子」

友達？　友達って言ったのか、今。

修道士の服を着て、異教徒の魔女を「さま」づけで呼ぶ友達。どうひいき目に見てもまともではない。

にらみ返すサフィージャの目の前で、男はゆっくりとフードを下ろした。

漆黒の瞳が、矢のようにサフィージャに向けられた。

強すぎる視線に、にらみをきかせることに慣れたはずの黒死《こくし》の魔女がたじろがされる。

「エルドラン・ド・ゴ——と申します。お目にかかれる日をずっと待ち焦《こ》がれておりました」

ゆるく波打つ漆黒の髪に、闇そのもののような輝きを宿す双眸《そうぼう》。冥府《めいふ》の王さながらに生気の感じられない白皙《はくせき》。

「このような格好で失礼——枢機卿《すうききょう》の法服は、いささか目立ちすぎる。とくに私は目をつけられやすい性質《たち》でね。人の悪意を買いすぎる。あるいは熱意と言うべきかな」

この世のものとも思えないほどの美貌に見とれてしまって、サフィージャは一瞬何を言われたのかすんなり頭に入ってこなかった。

「枢機卿……？」

冗談だろうとサフィージャは思った。

いくらなんでも若すぎる。四十代でも若すぎるぐらいなのに、彼は二十代の初めか、よくて半ばといったところだ。

「エルとお呼びください。なんとなればこの豚めとののしっていただいても結構——」

「エルドラン？　さっきから何を言ってるんです？」

ツッコミを入れるクァイツの顔はいつになく引きつっていた。

サフィージャはちらりとクァイツを見た。

彼もまた天使を体現したかのような美貌だ。

類は友を呼ぶというが、ときたま何を言ってるのか分からない部分も含めて、なるほど確かにこいつらはよく似ている。

「身の証《あかし》はこちらで」

差し出された手には、いつか見たエルドラン・ド・ゴ枢機卿《すうききょう》の印章をかたどった指輪がはめられていた。

「エルドラン……そうか、卿が……」

ようやく思い出した。異端審問の特許状を送ってくれた男の名だった。

「お近づきのしるしに、あなたのお手に触れる栄誉をいただけませんか」

サフィージャはさりげなくクァイツの様子をうかがってみた。これまでの経験から、あまりいい顔をしないのではないかと思ったのだ。

しかし、彼はいたって穏やかな表情で二人を見守っていた。

目立って不快感を表明している様子はない。

そうなれば断る理由もなかったので、サフィージャは手を差し出した。

長身のエルドランに見合った、大きく分厚い手のひらだ。押しつつむようにして握られてしまい、困惑していると、強すぎる瞳で正面から見つめられてしまった。

見つめ合ったまま、手の甲にくちづけを落とされた。

かがみ込む首回りに息づくゆたかな筋肉のラインに、視線を引き寄せられた。つつま

しく伏せたおもての角度が芸術的に美しい。

「ああ……異教の奇跡をつむぐ手の、なんと神々しく美しいことか……」

つかまれた手のひらがやけに熱い。

……というか、いつまで握っているんだ。

「……お、おい……ちょっと」

「困りましたね。エルドランには一度わが国の礼儀作法を学んでいただかなければ」

クァイツに手をひっぺがしてもらえて、サフィージャはほっとした。

そうでもしなければいつまで握られていたか分からない。

闇のような瞳に長いこと見つめられていた名残で、頭がクラクラした。

「魔女さま。あなたのお名前もお聞かせ願いたい」

硬直していたサフィージャはわれに返った。

相手に名乗らせたままだんまりというのは感じが悪い。

「宮廷づき筆頭魔女のサフィージャだ。いつぞやは世話になった。おかげで私は首の皮一枚でつながることができた」

「敬愛するサフィージャさまのお役に立てたのなら望外の喜びにございます」

エルドランの微笑みは悪魔の王のごとき迫力だった。

彼の瞳には不思議な力強さがある。人の目を奪い、釘付けにし、石にも変えてしまう――そういう不可抗力の魔力を秘めている。

「……もう一歩離れてください。それが女性に対する正しい距離というものですから」

ファイツにさえぎられて、サフィージャはハッとした。

い……いかん。この男はまずい。

まるで底のない沼のようだ。うっかり踏み込んだが最後、呑み込まれてしまいそうになる。

「無粋なことを言うな、わが友よ。ようやくお目通りがかなったのだ。私の想いもたぎるのが道理」

「限度があるでしょう……初対面ということを忘れてませんか」

二人はなにやら内輪揉めをし始めた。

なんなんだ。

「……ところでエルドラン卿は何をしに参られたのだ？」

サフィージャがもっともな質問をすると、二人はようやく口論をやめて顔を見合わせた。

「未来のお話をしに参りました。そう……私とあなたの未来の話です。うるわしのわが魔女。あなたと二人きりで話をしたく、遠路よりはるばる参上つかまつりました」

エルドランがそう告げると、クァイツは笑顔を凍らせた。

「……私も一応ここにいるんですが」

「友よ。これは私の悲願だ。分かってくれないか」

クァイツは処置なしと判断したのか、わざとらしくサフィージャを振り返った。

「急に押しかけたりしてすみませんでした。夜も遅いことですし、今日はもう帰りますね。……そういうわけなので、エルドラン、私からも少し話が……」

「……それならば仕方ない。では、せめて魔女さまのまつる神々にお祈りを」

言われたサフィージャのほうが戸惑った。

「しかし、卿らは唯一神以外を認めぬのでは……」

「私にとっては、サフィージャさま、あなたがわが主《あるじ》にも等しい」

なるほど、とサフィージャは思う。

根っからの世教徒《せいきょうと》からは絶対に出てこないセリフである。そもそも異教の神に祈りをささげる行為は重大な背信にあたるのだ。そこらの腐敗聖職者ならいざ知らず、そのような大罪を枢機卿《すうききょう》ともあろうものがあえて犯すはずがない。さらに、邪教徒と日頃から見下している相手を主にたとえるような真似など、傲慢《ごうまん》な世教徒たちは冗談でもしないだろう。

つまり彼は――世教徒ではない。

加えて彼は先ほどなんと言っただろう？

預言者を磔刑《たっけい》にした罪で今なお豚と呼ばれ続ける異教徒といえば――ひとつしかない。

エルドランは炎の祭壇に近づくと、香木を火にくべた。

その周囲を巡りながら、祈りの言葉をつぶやく。

「『偉大なる神、偉大なる御身を遷《うつ》したもう炎の依《よ》り代《しろ》によりて――』」

唱え終えたエルドランに、サフィージャは素直な賛辞を送った。

「すばらしい。いい祈祷《きとう》だった」

エルドランはうやうやしく体を折って返礼する。

「初めはなぜ総本山《そうほんざん》の連中がといぶかしみもしたが……卿はわれら異教徒の味方であるようだ。とても世教徒とは思えぬくらいに」

エルドランはわが意を得たりとばかりに微笑むと、ふと思い出したように炎の祭壇に向き直った。

「あとひとつ。大切な祈祷が抜けておりました。『今夜十二時に、あなたのもとへ』」

……えっ。

今のは火炎神への祈りの言葉ではなかった。明確な目的で告げられたメッセージである。

つまりそれって、夜這《よば》いなんじゃ。

問いただそうにも、後ろに控えているファイツが気になり、うまく言葉が出てこない。わざとサフィージャにだけ分かるように伝えたのだから、ここで暴露しては大事になってしまう。

迷っているうちに、エルドランはファイツになかば引きずられるようにして退室していった。

迷いに迷った末、サフィージャは深夜に起き出すと、いつもの黒いローブを身につけた。きっちりと顔を覆《おお》い隠すと、ようやく人心地がつき、ため息が出た。

何が目的かは知らないが、仮面をつけたサフィージャをわざわざおそうとも考えにくい。

エルドランは時間どおりに姿を現した。

なめられたくない一心で、サフィージャは先制攻撃に出ることにした。

「よくぞ参られた。私の差し出す酒杯を恐れぬのならば、まずは乾杯しようではないか」

からかい半分、牽制半分でサフィージャが杯を手渡すと、彼は得体の知れない視線をこちらに向けてきた。深い闇の底をのぞかされているような、不思議な気分だ。

「……どうした。私の酒は飲めぬか」

「いや。ただ……少し感動したものでね。女性が毒を盛るのは、力で敵《かな》わぬ存在が恐ろしいからだ。あなたは今私を恐れ……意識している。私という男の存在を」

わけの分からないことを。

「今、あなたは『わけの分からないことを言う男だ』――と感じた」

サフィージャは少なからず動揺した。

まさか――考えが読まれた？

「そしてあなたはこうも思う――『まさか考えが読まれているのか』と」

違う。

サフィージャはにわかに速まる鼓動を落ち着けるため、彼から強引に視線をもぎ離した。

「『違う。そんなはずはない、宣教のペテン師がひけらかすちゃちな小細工だ――だまされてなるものか』」

まるでサフィージャの思考を読んだかのように淡々とエルドランが代弁する。

「まて、分かった。もういい。参った、降参だ――」

完全に洗脳されてしまわないよう、サフィージャは強引に話を打ち切った。

「許してくれ。試すような真似をして悪かった。もちろん酒に毒など入れていない」

「もとより、承知しておりましたとも」

エルドランはにこりと微笑んでみせる。

背筋がぞくりとしたのは、恐ろしいほどの美貌のせい――ではないだろう。

エルドランが今やったのはペテン師の話術だ。占い師が顧客の信用を得るときに似たようなことをする。あたかも相手の心を読んでいるように錯覚させ、嘘やでまかせを相手にふきこむのだ。からくりを知っているのに、巧みなペースに乗せられて、うっかりしてやられるところだった。

油断のならない男だ。

その場の機転でやり返してみせたにしてはあざやかすぎる。

「わがうるわしの魔女の拝謁《はいえつ》の栄《えい》に浴《よく》した、記念に」

酒杯を飲み干した男は、サフィージャの対面に座った。

「それで？　エルドラン卿。わざわざ人目を忍び私のもとへ参られた理由をお聞かせ願おうか。卿の友まであざむくほどの大切な用事がおありだったのだろう？」

「……ただお会いしたかっただけ、だとしたら？」

「簡単なことだ。私は卿を見損なう。理由もなく友をあざむき、女のねぐらを暴《あば》く無粋《ぶすい》な男――と」

サフィージャは必死に論陣を張る。

さきほどエルドランに揶揄《やゆ》されたように、恐怖を覚えていることは否定できない。

仮面をつけているのに、この心もとなさはなんだろう。

ほとんどの男は、この仮面を見ればサフィージャに害をなす気をなくすものだが、エルドランには通用していないようだ。

興味本位にこんな状態に持ち込むんじゃなかった。

つい格好をつけて密談を気取ってしまったが、大丈夫なのだろうか。

もはや不安しかない。

サフィージャは王太子ののんきな笑顔を恋しく思った。

この場にクァイツがいてくれたらどれほど気持ちが楽になっただろう。

「ぶしつけなご訪問については私も悔いていたところです。しかしご安心いただきたい。私があなたの敵となることはありえない。私はあなたにあだをなすものとは対極に位置する」

エルドランはサフィージャのほうに身を乗り出しながら、熱心に訴える。

「私はあなたの忠実なるしもべです。わが最愛の魔女さま」

熱っぽい告白がほとんど息だけでささやかれる。

サフィージャを怯《おび》えさせないためにか、長身を彼女の目の高さまでかがめて、正面から見すえる。その仕草からも、害意はまったく感じられない。

「……サフィージャさま。あなたとふたたびこうして相まみえる日だけが私の生きる希望だった。あなたはあのときと少しもお変わりない——いや、一段とお美しくおなりだ」

目を細めて言う男に、しかしサフィージャは覚えがなかった。

「別の誰かと間違えてないか？」

「いいや——あなただ。私があなたを間違えるわけがない。一日たりとも忘れたことなどないのだから。だが——そうだな。きっとあなたは私のことを覚えていないだろうと、覚悟もしておりました」

エルドランの魔眼《まがん》が閉じられた。

サフィージャは威圧感から解放されてほっとする。

この男の視線には濡《ぬ》れそぼるような妖艶《ようえん》さを感じてしまって、どうにも落ち着かない。

そんなサフィージャの内心も知らずに、エルドランは懐かしむような調子で言葉をつむぐ。

「あれは忘れもしない七年前――港にほど近い街道のことだった。私は旅の途上にいました。折しも広まった疫病《えきびょう》騒ぎで、街に入れてもらえなくなってしまってね」

「七年前――マルセルの港町か」

七年前のことならサフィージャもよく覚えている。

港から広まった疫病を食い止めたのが、ほかならぬこの自分だからだ。

「ご明察。あのときあなたに命を助けてもらった患者のひとりがこの私――」

エルドランは胸に当てた手を、外へ向けた。

「――ただし、それは半分正しく――半分偽《いつわ》りです。ここから先の話を、私は誰にも明かしたことがない。これまでも、これからも……私たちの大切な友にさえも。ゆえに、ここから先はあなたにだけこっそりとお伝えする必要があった――あなたの安らぎを脅《おびや》かしたことを、まず、お詫《わ》びしたい。どうかご容赦を」

サフィージャはうなずいた。

聞いている限りはごくまともな印象である。

「……それほどの秘密を、私に語っていいのか？」

「あなたでなければ意味がない。私の命運はあなたとともにある。敬愛するあなたと、ともに」

エルドランが見つめてくる。込められた熱量に鳥肌が立った。

「私の話を、聞いていただけるだろうか。崇拝する黒死《こくし》の魔女さま」

「分かった。話されるがいい」

「ありがとうございます」

エルドランは真摯《しんし》に頭を下げた。

浮き世離れした造形美に浮かぶ表情の無防備さに、ふと胸を打たれた。

「『旅人が疫病《えきびょう》を持ち込んだのだ。きっとあいつらが井戸に毒を投げ込んだに違いない』。あらぬ嫌疑をかけられて引っ立てられた先は修道院でした。彼らは患者を診《み》ることもせず、みずからの安全を優先して塔に立てこもり、ふくれあがった民衆の不満をそらすために私たちを悪者に仕立てあげた」

サフィージャはうなずいて、先をうながした。

今のところ、話に偽証《ぎしょう》は感じられない。

今語られたことは自分もよく覚えている。

――告解なしに嘆きながら死んでいく患者を見捨てて、神父は教会に立てこもった。積み上がっていく腐乱死体からの感染を恐れて、彼らは弔《とむら》いすら放棄した。

修道院の医師は、患者によい香りのハーブをかがせるばかりでろくな治療方法も知らないヤブだった。

もっとひどいものになると、金を払えば救われると脅した。

恐怖と混乱に支配された街人らの不満が吹き上がるのは時間の問題だった。

追いつめられた教会の連中は、あろうことか異教徒を見せしめに断罪していった。

「彼らの鞭打《むちう》ち刑で父母と妹は命を落としました。体力のあった私だけが虫の息のまま、広場にさらされていた。そこに現れたのがうら若き魔女の——そう、あなただ」

黒々とした闇のような目がサフィージャをとらえる。

尋常ではない量の熱情にあてられて、頭の芯がぼうっとしびれた。

「あなたは死のふちにあった病人を奇跡のような薬で救い、大怪我を負った私のことも手厚く看病してくださった。あなたは覚えていないかもしれないが、おかげで私は一命をとりとめたんですよ」

チカリと脳内で光がまたたいた。

強い瞳の光——

「いや——覚えている」

そうだ、広場にさらしものにされていた青年のことならよく覚えている。

黒い髪の、よく光る強い瞳の青年だった。

彼の瞳が怒りで燃えていなければ、死体と間違って見逃していたかもしれない。

あのときの男か。

「よく無事で……背中の傷はもういいのか?」

「ええ、すっかり元どおりになりました」

「すまないな、われらは患者の顔よりも縫合《ほうごう》した傷跡のほうをよく覚えているものなんだ」

彼はあのとき本当にひどい怪我を負っていた。

自分が診《み》た患者のその後を知れるのは、魔女としては嬉しいものだ。

すっかりよくなったなどと言われればなおさらである。

「鞭《むち》打《う》ちで破けた皮膚は貼り合わせが難しいから、痕《あと》が残ってしまわないか心配だったんだが」

勢い込んでサフィージャがたずねると、エルドランは何を思ったのか、マントの結び紐に手をかけた。

「よろしければ、ご覧になりますか」

返事も待たずにエルドランは肩から外したマントをたたみ、修道服を腹部からまくり上げる。

サフィージャは固まった。

ち、痴漢が。へ、変態が！

患者の体など見慣れているとはいえ、したたるような色香の美形がいきなり目の前で脱ぎ始めたのに、動揺するなというほうが無理だった。

引きしまった上半身が露出する。

背中を向けたエルドランから美しく盛り上がる背筋を指し示されて、サフィージャはごくりとつばを飲んだ。

聖職者には珍しい、騎士のように恵まれた体つきである。

「きれいなものでしょう」

「あ……ああ」

これは患者の体だと自分に言い聞かせて、縫合痕をしばらくながめた。

「あなたがまめに何度も薬を塗り込み、うるおいを保ってくれたのがよかったのだろうと、わが金貸しの一族の医師は言っていました。われらの医師はあなたがたに劣《おと》らぬ名医ぞろい。その彼が丁寧な治療だったというのだから、あなたの技術は誇るべきものです」

「そ……そうか」

そう手放しでほめられてしまうとくすぐったい。

「ありがとう。もう服を着ていいぞ」

半裸の筋肉のおうとつをろうそくの光で妖《あや》しく浮かび上がらせた美男を直視していられなくなり、サフィージャがそう頼むと、当人は虚《きょ》を衝《つ》かれたような顔をした。

「……触れてみなくてもいいのですか？　ご遠慮なさるな」

「いや、しかし……」

深夜の密室ですることじゃない気がする。

「ああ。なるほど。心配されずとも、私があなたに危害を加えることはない」

内心の動揺をずばりと言い当てられてしまった。

「あなたに恋人がいることは、私の大切な友人から聞かせていただきました。非常に残念ですが、それならば私からあなたに触れることはないと約束しておきましょう。しかし——サフィージャさま。あなたから私を求めてくださるなら、話は違う。私があなたを拒むことは、絶対にない」

「な……だ、誰が、そんな……」

「そんなふしだらなことするわけがない——とあなたは思っている」

そのとおりだったので、サフィージャはますます混乱した。

どんだけ自分に自信があるんだ。

「なんて傲慢《ごうまん》な、思い上がった男なのだろうとも思っている」

「あ、ああ、そうだ」

いちいち言い当てるのもやめてほしい。

「それでいい。しかし、私の気持ちは伝えておきたかった」

えっ。

意味ありげに低めた声でそんなことを言われてしまっては、硬直するよりない。

「七年前のあの日から、私はずっとあなたをお慕いしておりました。サフィージャさま」

背中を向けていた男が、ゆっくりとこちらを振り返る。

目を合わせてはダメだと直感して、サフィージャは慌てて横を向いた。

「あ……りがとう、と、言うべきなのか分からないが……しかし、今の私は恋人がいる上に、すこぶる醜《みにく》い女になってしまった。早く忘れたほうが卿のためだ。そうだ、一日も早くそうするべきだ」

「あなたは美しい。姿形ではなく、その魂《たましい》が」

いっそ狂信的とも言えるほどの情熱を込めて、エルドランが言う。

「あの港町で、あなたは大の大人でも逃げ出すような恐ろしい疫病《えきびょう》に果敢に立ち向かい――異端の魔女として処刑されるリスクもいとわずに街を救ってみせた。何の罪もない旅人や、治療に奔走《ほんそう》した魔女をも疫病蔓延の真犯人として取り締まるような愚者どもが幅をきかせている時代です。病人など見ないふりをして逃げるのが一番いいと分かっていたはずなのに、あなたはそうしなかった。その志《こころざし》に、私は参ってしまったんですよ」

エルドランは一気に言いつのり――ふいに押し黙った。

ただの沈黙ではない。押しつぶされそうな圧力の沈黙だ。

「しかし、いきなりそんなことを言われても……」

サフィージャは笑おうとした。

彼のペースにすっかりのまれてしまっていることを悟られたくなかった。

「すまない。しかし、私に残されている時間はそう多くない。明日の夜明けとともに発《た》つ予定なんですよ。これを逃せば、もうお目にかかれる機会はないかもしれない……内海の向こうの総本山《そうほんざん》は、この国からあまりにも遠く隔《へだ》たっている」

エルドランは椅子から立ち上がった。テーブルを迂回して、サフィージャに近づいてきた。

漆黒の瞳が獲物を狙い定めたようにするどく光る。

「そ……そこまでだ。それ以上近づくことは許さん」

怖くなったサフィージャが制すると、エルドランはその場でぴたりと立ち止まった。

自分の言葉が通用したことに、サフィージャはなにより安堵した。

「……ダメだな。これ以上は、私も自分を抑えていられる自信がない。少し頭を冷やしたい。話の続きはまた、明日の夜。同じ時間に」

エルドランは手早く服を着直すと、サフィージャに向けて、切なげにささやいた。

「今夜は、あなたの夢を見ても構わないだろうか」

「し、……知るか、そんなの。勝手にしろ」

それ以外になんて返せばよかったんだろう？

情けなく突っぱねたサフィージャに、エルドランは慈愛のこもったまなざしを向けた。

「ありがとうございます。ああ……今日は人生最高の夢が見られそうだ」

＊　＊　＊

王宮の外れにある塔は、音が外に漏《も》れにくいことから『監獄小塔』と呼ばれていた。

窓のない殺風景な部屋だが、密談などで利用されている。

この場に集まっているのは枢機卿《すうききょう》、王太子——そして筆頭魔女。

おかしな取り合わせである。

「お目が赤いですよ。……眠れませんでしたか？」

クァイツの甘い容貌に気づかうような色を見出して、サフィージャはちくりと胸が痛んだ。

寝不足の原因はエルドランである。こそこそ二人で会っていたことを知ったら、クァイツもいい気はしないだろう。

「大丈夫だ。それよりも、私はこれから占いを始めないとならないのだが……」

サフィージャの部屋にはいろんな揉めごとが持ち込まれる。占いはいわば御用聞きの一環だった。

「全部べつの魔女に受け持ってもらいますから大丈夫ですよ。それよりもっと大事な話がありますので、今日は一日付き合ってもらいます」

クァイツがゆっくりと言った。

「こうして集まってもらったのはほかでもない」

エルドランが口を開く。高位聖職者らしく、彼の声はよく通った。

「わが教会組織の堕落《だらく》は憂慮《ゆうりょ》すべきものである。聖職売買が横行し、傲慢《ごうまん》、貪欲、邪淫《じゃいん》に満ちている。私はこれを是正したい。……が、あいにく、手立てがない」

クァイツが朗らかにあとをつぐ。

「わが国としても聖職者の腐敗《ふはい》は見過ごせない問題だと考えています。そこでここに秘密会議をもうけ、解決に向けて話し合っていくことになりました」

二人の何かを期待するような視線に耐えかねて、サフィージャはとりあえず口を開いた。

「興味深いが……なぜ私もなんだ?」

「それはもちろん、筆頭魔女どののお力添えを期待して」

「あなたにささげる革命だからだ。わが魔女」

サフィージャは頭をかいた。

「しかし、教会組織の革命なんて……宮廷魔女の私から言わせれば、勝手にやっていろ、といったところだが……」

「ああ、それは言葉の綾《あや》だ。正しくは……」

エルドランはうっすらと笑った。

「あれらを根絶やしにし——壊滅させる」

壊滅って。いや、お前のところの組織だろうに。

「これはサフィージャどのにとっても非常に有益なことだと思います」

クァイツの笑みは純真そのものだ。エルドランとは対照的である。

「教会をのさばらせておいたら、いつまでたっても疫病《えきびょう》はなくなりませんしね。サフィージャどのの野望なんでしょう?」

サフィージャは虚《きょ》を衝《つ》かれた。

そういえば、いつかそんな話をしたような気がする。

たった一度口にしただけの夢物語を覚えていたのか。

「聖職者の腐敗は教会や修道院の医師たちにも及んでいます。王宮としては改善を図りたいのですが、立場が弱いので介入が難しい状態です。そこで枢機卿猊下《すうききょうげいか》のお力添えをお願いしたいのですが……」

「友よ、堅苦しいのはなしだ。ざっくばらんにいこう。……そうだな、賄賂《わいろ》を取り、職務を怠《おこた》る聖職者から集中的に審問にかけていこうか……」

美しい男二人が真剣な顔をして議論を交わしている。

サフィージャはまるで現実味のない光景に入り込めない自分を感じていた。

確かに教会は邪魔だ。あいつらをぶっつぶしてやれる日をどれだけ夢想したか知れない。

でも、それは庶民の娘が抱くにはあまりにも大それた野望だ。

諸国の王でさえ教会には逆らえない。

枢機卿は強い味方だが、たったひとりで王国の教会組織すべてを敵に回して、勝ち目などあるわけがない。

茶番――そんな言葉が頭をよぎった。

「宮廷魔女の皆さんは学校で世教《せいきょう》についても習うんですよね？」

クァイツに話を振られて、サフィージャは戸惑った。

「ああ……初級程度……ミサとか、聖書の読み書き程度ならな。異教徒は何かと悪魔崇拝を疑われがちだから、彼らの教えにも理解を示すことにしている」

「なら問題ないですね。代わりの人員は宮廷魔女から出せますから、汚職がひどい聖職者を片っ端から犯罪者として引っ張っても、教会の日常業務が滞って国民の皆さんが困ることもなさそうです。あとはどうやって教会をつぶしていくかなんですが」

「異端審問官ならいつでも出せる。うまく使え、わが友」

「丸投げですか、ひどいですね。審問官をどう使うのかが問題なんですが」

エルドランの横顔を見るともなしに見る。

彼が教会を根絶させたい理由には、おそらく昨日の話が絡んでいるのだろう。こんなやり方でも、本気でやるつもりなら組むべき相手はもっとほかにいるはずだ。それでもわが国を同盟相手に選んだのは——

ふと視線を感じてちらりとそちらを見ると、クァイツとばっちり目が合った。とがめるようなまなざしだと感じたのは自意識過剰だろうか。

しかしそれも一瞬のことで、すぐに彼は議題に戻った。

——サフィージャがまったく入り込めないまま会合は終わった。

「ここでお別れだ。サフィージャさま——わが幸いの魔女。私は明日の朝には発《た》たねばならない。しかし、ひと目だけでもお会いできてよかった」

エルドランがひどくまじめな顔をして言う。

その後ろで、クァイツは面白くなさそうな顔をしている。

「一度だけ。抱擁《ほうよう》をお許しいただけないだろうか。あなたの幻をこの魂《たましい》に刻みつけておきたい」

「いや、それは……」

助けを求めてクァイツを見ると、彼はふてくされたように横を向いた。

サフィージャは心臓にひどい痛みを覚えて目を見開く。

この、手ひどく裏切られたような気持ちは何だろう。

――裏切り？

そもそもクァイツにとってのサフィージャは、ただ手放すのが惜しいだけの部下だ。最初から何のつながりもないじゃないか。

「一度だけでいい」

エルドランの長身がやけに近づいてきて、ほとんど耳元でささやくようにしてサフィージャに寄り添った。

エルドランの悪魔的な狂情をたたえた瞳を見つめているうちに、

「……一度だけなら」

サフィージャは自然とそう答えていた。

あっという間もなく背中に手が回され――エルドランの胸のうちに抱きとめられる。

エルドランからは他人の香りがした。自分のものでもなければ――クァイツのものとも違う。

「……今夜も、同じ時間に」

かろうじてサフィージャの耳にだけ届くようにつぶやかれた言葉は、なぜだかひどく甘かった。

浴場から部屋へ戻ると、不機嫌そうな顔をしたクァイツがいた。

サフィージャは激しい脱力を感じて、その場に崩れ落ちそうになった。

いてくれてほっとした。

顔を見ただけでこんな気持ちになるなんて。エルドランとのやりとりでどれほど神経をすり減らしていたのか、サフィージャは改めて思い知らされた。

「王太子どの……」

「浮気者」

クァイツに開口一番そう突っぱねられて、サフィージャは目をしばたたかせた。

「恋人がいるくせに」

なるほど、エルドランとのことを言っているのか。

サフィージャの口元に乾いた笑みが浮かぶ。

……ところで、恋人がいると言っていた女に横やりを入れたのはどこの誰だったかな。

「そう思うなら、見てないで止めに入ってくれればよかっただろう」

「ええ、できるものならそうしたかったですね。すみませんね、私はただの王太子ふぜいですから。あまり強く出られない立場なのは否《いな》めません」

クァイツはすっかりすねていた。

かわいいなあと思ってしまうから悔しい。

「でも、よかったのかもしれませんね。あなたもずいぶんあの男がお気に召したようなので」

「何を言ってるんだか」

「白々しい。会議の間、ずっと見とれていたじゃないですか」

サフィージャはギクリとした。

バレバレでしたか。

「あなたのお好みはああいうタイプでしたか。なるほど、以前おっしゃっていた恋人の条件にもかなり合致しているような気もしますね。……もしかしてずっと前からお知り合いでしたか？」

とんでもないところに話が飛んだ。

「いや……お前も見てただろ？　初対面だ」

「どうだか。だいたいおかしいと思っていたんですよね。あなたの恋人はまったくといっていいほどしっぽを出さないから。でもエルドランなら納得がいきます。あの男が存在を気取られるような脇の甘いことをするわけがない」

こりゃダメだ。妄想がいきすぎて暴走している。

こいつのこの想像力をもう少しほかの方向に有効利用できないだろうか。

「仮に私が枢機卿《すうききょう》の恋人だったとして、彼がそのことをお前に黙っているというのはずいぶんつれないと思うが……友達なんだろう、お前たち。わざわざ隠す必要があるのか？」

「さあ。私には分かりませんが——何か意味があるんじゃないですか？　枢機卿が魔女を寵愛《ちょうあい》するというのもなかなかのスキャンダルです。隠しておきたいと思っても不思議じゃない。よくあることです、味方だと思っていた人間が敵だった、なんていうのはね」

サフィージャは得心《とくしん》がいった。それで怪我した野良猫みたいに気が立っているわけか。

王族って大変なんだなあ。

お気に入りの妾《めかけ》が実は政敵のスパイだった、なんてことがざらにある世界である。

かわいそうに思って見つめていると、クァイツに思い切りにらみ返されてしまった。

興奮しているせいか、瞳がいつもより赤く見える。

「それに——昨晩、目を離したすきにあの男がゲストルームからいなくなっていました」

サフィージャは内心の動揺がおもてに出ないよう無表情を心がけた。

「……何かご存じでは？」

この部屋に来ていました、とはもちろん言えない。

「知るか、そんなの」

「……そうですか。ふうん？　そうでしたか。ご存じないと」

サフィージャはいたたまれなくなってあさってを向いた。

もしかして、来てたのを知ってるのか。

サフィージャとしても説明してやりたいのはやまやまだったが、エルドランが『汚《きたな》らしい豚』、つまり異教徒であることを隠したがっているのは明白だ。それはそうだろう。枢機卿が異教徒だなんて他人に知れたら、その場で拘束されて異端審問にかけられるに決まっている。

彼が友達のクァイツにも秘密にしておきたいと思う気持ちはよく分かった。

「とにかく、誤解だ。私の恋人はほかにいる」

「……誰なんでしょうか」

そ、それも言えないなあ。

危険を察して無視を決め込んでいると、クァイツはため息をついた。

「……どうしてエルドランなんですか」

「いや、だから、誤解だって言ってるだろう」

「じゃあさっきのあれはなんです？」

クァイツの非難は止まらない。

「恋人がいるのにあんなふしだらな……あなたがあんな人だったなんて思いませんでした。もしかして、男なら誰でも構わない？　じゃあ、どうして、あの男はよくて……」

一気にまくし立てて、クァイツは急に黙り込む。

「……すみません。少しどうかしていました。忘れてください」

クァイツは口早に言い捨てて、椅子から立ち上がった。

「ちょっと待て！」

逃げるように去っていく背中に、サフィージャは慌てて声をかけた。

「また来い。……待ってるから」

彼は振り返りもせず、まっすぐに出ていった。

……大丈夫かなあ。

夜更けすぎ、フードを目深にかぶった長身の男が部屋のドアの前に立った。

あたりを警戒しながら招き入れる。

「……誰にも見られていないだろうな」

サフィージャが念のために聞くと、エルドランはフードを背中に落としながらうなずいた。

　余計な火種は少ないほうがいい。

「無論。しかし——あなたには目撃されて困るような方がいらしたのか。例の恋人ですか？」

「私ではなく、卿にとっては大問題だろう。そもそも卿はどうして宮廷へ？」

　ずいぶんと危険な橋を渡るものである。枢機卿《すうききょう》ともあろうものが、お忍びとはいえ魔女とつながりを持ちたがるだなんて、少し軽率なのではないだろうか。特許状をもらったときについうっかり『友達』などと陛下に奏上してしまったが、考えてみればあれも枢機卿にとっては不利になる材料だ。どこで教会にかぎつけられるか分からないのに。

「あなたにひと目お会いしたい一心で馳《は》せ参じました」

　ドロリとした熱情を感じさせる口調でエルドランが答える。

「わが友がなかなか許してくれなくてね。かねてより依頼はしていたんだが、個人的な親交がないことを理由に断られどおしだったんですよ」

　初耳である。

「急に引き合わせてくれると言うから何事かと思えば、多額の資金と教会への圧力を要求されましたよ。まったく、将来が楽しみな男だ」

それでクァイツは『強く出られない立場』とすねていたのか。

人をダシに使うなんてずいぶんである。

「私からいくら引き出したのかは、わが友にたずねてみるといい。それはそのまま、私があなたのためにささげた金額でもあるのだからね」

大司教のベネドットでさえあれだけの権勢を誇っていたのである。枢機卿《すうききょう》がどれほどの財産を所有しているのかなんて、見当もつかない。

「なら、昼の密談もあいつの差し金か。おかしいとは思ったんだ。枢機卿がわざわざわが国と組むメリットがまったく感じられなかったからな」

「そういうわけではない。あれは私の悲願でもある。今日はそれをお話しに参りました。わが天恵たる魔女」

エルドランは椅子の上で優雅に足を組みかえる。

「昨日も言いましたが、私は豚なんですよ。サフィージャさま」

「……ああ」

初めて聞いたときはとんだ変態だと思ったが、つまり彼は自分が異教徒だと言いたいのだろう。

実によく頭の回る男だ。特殊な趣味に見せかけて、クァイツに悟らせず、サフィージャにだけ分かるよう言葉を選んだのだから。あんな隠語、この国ではまず通じない。よほど宗教に詳しい人間でなければ裏の意味が含まれていたことに気づけないだろう。クァイツは、宗教に関しては門外漢《もんがいかん》だ。神学は聖職者の領分であって、王侯貴族がやるようなものではないとされているのだから無理もないことだが。

「サフィージャさまも遠慮せず、私を思うさま責めてください。浅ましい豚め、床に這《は》いつくばれと」

……いや、どっちだ!?

「せっかくだがエルドラン卿、私は……その、そういう趣味は……」

サフィージャはしどろもどろになる。

弁論は得意なほうだとは思うが、さすがに美しすぎる男から豚と呼べと迫られたときのうまい断りかたは思いつかなかった。

「冗談ですよ。怯《おび》えさせてしまったのなら申し訳ない」

真顔で冗談はやめてほしい。ものすごく分かりにくいから。

サフィージャがうろたえているのを見て、エルドランはかすかに笑った。

「……サフィージャさまは存外におかわいらしい方のようだ。そういえば、まだお若いのでしたね。私の妹が生きていれば、あなたぐらいの歳になっていただろうか」

昨夜、エルドランは港町で家族が殺害されたと言っていた。

「港で家族を殺されて以来――」

サフィージャの考えを読んだように、エルドランは語り始めた。

「豚と呼ばれて――流浪《るろう》の生活を強いられてきた私が、いまや枢機卿《すうききょう》として彼らの首を秤《はかり》にかける側にいる。わが主のお導きを感じます」

「しかし、なぜ異教徒である卿が枢機卿に？　卿のような経歴では、枢機卿にはなれないはずだが」

サフィージャの問いに、エルドランはぞっとするような暗い微笑を漏《も》らした。

「私から何もかも奪っていった教会に裁きを、報いを――復讐《ふくしゅう》を。それには総本山《そうほんざん》の中枢に近づく必要があった。枢機卿の地位は、金で買ったものです」

「……まさか……無理だろう。いったいいくら積めばそんなことが……」

「わが一族は金貸しがなりわい。造作もないことです。そこに謀略を少し巡らせはしましたが」

そこでエルドランは熱っぽい瞳をサフィージャに向けた。

「あなたのことは私の大切な友人から聞かせていただきました。偉大な野望をお持ちのようだ。それでこそわが最愛の魔女」

疫病撲滅《えきびょうぼくめつ》の野望のことか。昼の密談でも指摘されていた。

「私はあなたの野望に手を貸すことができる――私にはそれが嬉しくてならないのです。わが手で研ぎし復讐の冴《さ》えた剣《つるぎ》は、うるわしの魔女の手にこそ握られるにふさわしい」

テーブルに身を乗り出したエルドランが、半ば強引にサフィージャの手を取った。

彼の手は、まるで血塗られた短剣を握らされてでもいるように熱かった。

「サフィージャさま――私はあなたのためにいかなる労力も惜しみません。私とあなたの大いなる悲願のために、どうかその力をお貸しください。私は悪《あ》しき行《おこな》いをするものを排除し、正しき善を行《おこな》うあなたを庇護《ひご》するつもりです。あなたの英断が国を――ひいては、ひとりの復讐にかられた哀れな男を救うのです」

男は静かに話し終え、奇妙な狂騒が宿る瞳でサフィージャを熱心にのぞき込んだ。

深淵のような漆黒の瞳が、サフィージャを射抜く。

「私とともに、地上の教会を残らず粛清し尽くしましょう」

「……途方もない夢想だな」

サフィージャは震える手を、つかまれている彼の手に重ねた。

彼の言葉はそれほどまでに甘く響いた。

一国の王にさえできないことをたったひとりの枢機卿とこの魔女とでやろうという

のだ。

主だった区の司教をつぶしてしまうことは二人でもできるだろう。

でも、そんなことを何度も続けていれば、いつかは怪しまれて枢機卿《すうききょう》の立場もあやうくなる。

広範な組織網と圧倒的な強さを誇るあの『騎士団』が、二人をつぶそうと動くだろう。

並大抵の覚悟で言えることではない。

同じような思いを抱いてきたサフィージャだからこそ、その決意が痛いほどよく分かった。

「まったく愚にもつかない誇大妄想だ。だが……嫌いじゃないな」

「まさか——妄想で終わるとでも？」

「勇ましいのは結構だが、できることとできないことは区別せねばな」

「まさしく。それはこれから証明していこう」

エルドランは固く握り合っていた手をひどくもったいつけて放し——時計に目をやった。

「……じきに夜明けだ。皆が起き出す前に、私は戻らねばならない。……誰かとの別れをこんなにも名残惜しいと感じたのは初めてです。サフィージャさま」

エルドランはさびしげに目を伏せる。そんな表情もひどくなまめかしい。

今にも闇に溶けていきそうな漆黒の髪と瞳が白い肌に映えていた。

「かなうことなら、このままあなたをさらって帰りたかった」

「それは光栄、と言いたいところだが、私にはまだなすべきことがある」

「御心のままに行動されよ。愛しの魔女。私はあなたの魂《たましい》を愛している」

すごい殺し文句だ。赤面してしまったのは不可抗力だろう。

彼は小指にはめていた指輪をひとつ引き抜くと、サフィージャの目の前に置いた。

「私の銀行の印章です。お役立てを」

「そ、そんな大事なもの、受け取るわけには……」

「いらなければ、捨てていただいて結構」

エルドランは強引にその印章つきの指輪をサフィージャの手の中に押しつけて――制止の声も聞かずに去っていった。

そしてエルドランはサフィージャに見送られることもなく宮廷を発《た》った。

「いつか、また会えたら、そのときに返そう」

サフィージャはその指輪を大切にしまい込んだ。

第九章　ふたつの顔を持つ魔女は

牛の角《つの》の装飾がようやく完成した。

さっそく魔女たちに引き渡すべく地下室の神殿に行く。

神殿では壊された神像などを修復するのに、いろいろな魔女が骨やら角やら皮やらを駆使して和気あいあいと工作をしているはずであった。

階段を降り、曲がり廊下にさしかかったあたりで、サフィージャは聞き慣れた男の声を耳にした。

「そうなんですか！　面白いですね」

柱にぴったり体をくっつけておそるおそる広間の中をうかがう。

異国情緒のある詰襟の上着を一分のすきもなく着込んだ若い男は、黒ずくめの女の集団の中でことに目立っていた。首からわきへ斜めにさしわたした金のふちどりや、ももまであるスリット入りの上着は東方の民族衣装がモチーフだろうが、おそろしく似合っている。

王太子じゃないか。

「へえ、こちらも見事なものですね」

クァイツは作りかけの工作品に興味を示し、トーテム神――自然信仰の神の彫刻に手を触れた。

「皆さんで作ったんですか。宮廷の美術家にも劣《おと》らない彫刻の技巧ですね」

「まあそんな、ただのお目汚しですわ……」

話しかけられた下級魔女はもじもじしながら言う。

「こっちは何の神様なんですか？」

「ええと、その、牛の頭と、鹿の体と……」

「う、うちも！　うちも牛の頭を持つ神がおりますのよ！」

魔女たちはここぞとばかり、わらわらと王子のもとに集い始めた。

ひとりひとりに愛想笑いとあいづちを大盤振る舞いするクァイツ。

サフィージャは急激に面白くない気持ちが込み上げてきて、覆面の下で歯ぎしりした。

何やってんだあいつは。

昨日今日と姿を見せないと思ったらこんなところで女漁りか。

「これなんかもすごいですね。人の顔にしか見えません」

床から取り上げたのはヤヌスの仮面だ。

――ヤヌスはひとつの体にふたつの顔を持つ神で、儀式のときには仮面を後頭部に身につけてこの神を祭る。

サフィージャの心臓は激しく跳ね上がった。

その仮面はまずい。

なにしろサフィージャのつけているフェイクとまったく同じ工程でできているのである。

「きゃあ、王太子さま。まだやわらかいですから、触っては困りますわ」

「すみません。固めている最中でしたか」

魔女の手に仮面を返しつつ、クァイツはしわを伸ばす作業にまじまじと見入る。

「面白いですね。これは何でできているんですか？」

「羊の皮ですわ。薄くなめして木のお面に張り付けて、しわなどを刻み込むんですの」

「ああ、羊の皮なんですか。道理で――」

王太子の声がやけにゆっくりと聞こえるのは、サフィージャの思考が急旋回しているせいか。

不安と焦りの渦に巻き込まれたまま、彼の言葉を聞いた。

「――羊皮紙のような香りがすると思いました」
サフィージャの脳裏に過去が鮮明によみがえる。
初めて彼が占いにとサフィージャのもとを訪ねてきたとき、なんと言っていたのか。
声の調子までふくめてありありと思い出せた。
『魔女は香りで分かる、と言われています』
――バレた。
そっと柱から身を離すと、もと来た道を戻る。音を立てないよう、ゆっくりと。
薬くさいというだけなら魔女は皆そうだ。決定的な証拠にはなりえない。
でも、サフィージャは違う。日常的に疫病痕《えきびょう》の仮面をつけている。
彼が手にしているヤヌスの仮面と同じ香りがすると、きっと今のでバレてしまった。
かなり近づかなければ分からないことだろうが――何度もそういう場面はあった。
詳しい製作工程を聞けば、精巧な人面が作れることもすぐに判明してしまうだろう。
――どうしよう。
逃げるべきだろうか。
故郷に逃れたら彼は納得するだろうか。いや、おそらく追いかけてくる。
では別のところに？　それでも彼はまず故郷に行って、どこに隠れているのかと聞くはずだ。ことと次第によっては、故郷にとんでもない迷惑がかかる。

宮廷を出てフラム教の神殿に庇護《ひご》を求めることはできるだろうが、せっかく手にした筆頭魔女の権限も全部白紙に戻ってしまう。

部屋に戻って、誰も入ってこられないように天蓋《てんがい》を下ろして、ベッドの中に閉じこもった。

侍女のテュルコワーズ夫人が声をかけてきたが、寝たふりを決め込んだ。

お守りのように枕元に置いてあった宝箱を胸に抱き締める。中に忍ばせた指輪が音を立てた。

せっかくつかみかけたエルドランとのつながりも途切れてしまう。

どうしたらいいんだろう――？

今日はもう眠ってしまおう。

起きたらきっといつもどおりだ。

ベッドの中で丸まっていると、ふいに戸口で男女の会話が始まった。テュルコワーズ夫人とクァイツが何かしゃべっている。具合が悪そうだと言うテュルコワーズ夫人に、風邪でしょうかととぼけた返事をする王太子。

胸が締め付けられるように痛んだ。恐怖で体が凍りつく。

「昨晩も遅くまで彫刻をなさってましたから……」

「根《こん》をつめすぎたんでしょうかね。彼女は無茶をしますから」

彼はいつの間にかテュルコワーズ夫人と仲良くなっていたようだ。

「今日のところは引き下がったほうがよさそうですね」

「嫌ですわ、せっかくお越しくださいましたのに……きっとお声をかけてさしあげたほうがサフィージャさまも……」

彼がしてはいけないことなどないのに、いちいちサフィージャの様子をうかがうのは、慣習からいえばあまりないことではないだろうか。

「サフィージャどの」

黒みがかった天幕の向こうから心地いい声がした。一歩ずつこちらに歩み寄ってくる。足音が近づくたびに心音が高鳴り、緊張が増した。

慌ててろうそくの炎を吹き消した。が、遅かったらしい。

「起きているんですか？」

分厚いヤギの毛織物一枚へだてたところにいる人の気配が怖くてたまらなかった。何かが終わりを告げて、決定的に変わってしまう。

「……その……先日はみっともないところをお見せしました。あることないこと責め立てしまって……あなたが何もないとおっしゃるのなら、きっとそうなのだと思います。申し訳ありませんでした」

べつに気にしてない——とあやうく声を出しそうになった。

息をひそめてやり過ごしていると、クァイツはしばらくしてからまた口を開いた。

「何かお悩みですか？　あまりひとりでふさぎ込むことはありませんよ。お困りのことがあったら何でも聞いてくださいね。あなたはあまり人の話を聞かないから……」

「お前に言われとうないわ」

あ。うっかり本音がポロリしてしまった。

最近気を許しすぎているのか、ボロボロ心の声が漏《も》れてしまう。

「……お元気そうで何よりです。それと今のお言葉はどういうことでしょうか」

「何でもない」

「何でもなくはないでしょう」

「何でもないったら何でもないんだ」

「だからそういうところが人の話を聞かないというんです。ひとりで思い悩むよりも、誰かに相談してみたほうがうまくいくものですよ。あなたは何でも自分ひとりでできると思っていませんか？　確かにあなたは優秀ですが、ひとりでできることには限界が……」

なんで元凶に説教されにゃならんのだ。

言ってることは正しいのだろうが、今は聞きたくない。

「……あなたの気落ちはエルドランが原因ですか?」

お前のせいだよばか野郎。

相変わらず無駄に賢いくせに、絶妙に鈍いところを突いてくるやつだ。

それにしても、とサフィージャは思う。どうしていつもと変わりなく接してくるのだろう。さっきの件で完全にこちらの手のうちが読まれたはずなのに。

「彼ならきっとあなたともいい関係を築けると思ったのですが……私もまさか彼があんな常軌を逸した行動に出るとは思わなくて……衝撃が大きすぎましたよね。私も責任を感じています」

いやまあ、そりゃあびっくりしたけど。

「でも、ああ見えて頼りになる人なんですよ。少し危な……ああ、いえ、あなたに執着しすぎのきらいはあるんですが、きっとあなたのお役に立てると思います。なので、ちょっとだけ辛抱して付き合ってくださると嬉しいのですが……ともかく落ち着いたら感想をお聞きしますので、ゆっくり養生なさってください」

そして彼はさきほどと変わりない足取りでのんびりと去っていった。

天幕を乗り越えてくることもしなければ、仮面について問いつめてくることもなく、まるでこの先もサフィージャが魔女を続けていくのが当たり前だと言わんばかりに未来の話をしていった。

あの男のことだから無理やり仮面をはいでくるぐらいのことはすると思っていたのに——

もしかしてまだバレていない？

さっきのではピンときていなかった？

思い返せば彼の言動は怪しいを通り越して真っ黒だった。それでも全部気のせいだと結論づけてきたのは、黒死《こくし》の魔女としてのサフィージャに執着するような発言が多かったのと、バレたら直接的に権力にものを言わせてはばからない強引な男だと思っていたからだ。なのにどうして何も言ってこないんだ——？

「……もうとっくに気づいていたから、仮面の秘密もとくべつ驚くようなことでもなかった……？」

確証がなかったからずっとゆさぶりをかけてきていたのだとは思う。

決定的なヒントをつかんだのはついさっきのはずだが、ではいったいいつから疑われていた？

夜会の出会いから順に記憶をたどっていくうちに、どうしようもなく不安が込み上げてきた。

彼は言っていたではないか。もう追いかけ回すのはやめる、あきらめる、と。

「もう私になんか興味なくなってしまった……？」

さもなければ、初めから興味なんかなかったのかもしれない。面白いおもちゃがあったから遊んでみただけ。政治の駒として手放せない存在を確実につなぎ止めておきたかっただけで、一連の行動に愛も恋もなかったのかもしれないではないか。

自己防衛のためにか、思考が卑屈《ひくつ》な色を帯び始めたことに気づいて、サフィージャはナイトテーブルからそなえつけのワインを引き寄せてあおった。素面《しらふ》でいると余計なことばかり考える。

「……楽しく明るい愛人生活……？」

平民の女は妃《きさき》になれない。初めから分かっていたことだ。それでも王子に望まれたなら道はひとつしかない。でも、彼は今でもサフィージャを望むだろうか？　本当にあきらめてしまうつもりなのでは？

胸が苦しい。囲われ者なんて絶対にごめんだと思う気持ちが強くあるのに、一方で何も言ってもらえないことが辛くてたまらない。彼が自分の所有物をどうしようと勝手だと、あの為政者の傲慢《ごうまん》さで宣言してくれたら、きっとこんな気持ちにはならなかった。どんなに否定してもごまかしきれない。

きっと、どこかでそうなることを望んでいた。

初めての夜、あれほどまでにあの男が嫌だと感じたのは――怖くてたまらなかったのは。

サフィージャが目指していた野望も、司祭の地位も、魔女としての責任も、みんなまとめて放り投げてしまいかねないくらい、暴力的な強さでクァイツに惹かれてしまったからだ。あの男が自分を破滅させる魔性《ましょう》の存在だと本能が知っていたから、目をそらし、耳をふさいで逃げ続けてきた。

あの日はただのきっかけだったにすぎない。本当は、もっと前から――心のどこかで惹かれていた。

サフィージャはもう限界だった。

できれば一生気づきたくなかった感情に強制的に向き合わされて、どうにもならなくて、涙がとりとめもなくこぼれ落ちていった。

第十章　魔女の大釜

サフィージャは寝不足の頭でぼんやりと机に置いた占星盤を見ていた。

忙しければ考えごとをするひまがなくていいのに、あいにくの雨で占いを求めてやって来る人の足も途絶えがちだった。

頭に思い浮かぶのはクァイツのことばかりだ。

——結婚相手として望んでいる女性はいる、だが向こうは眼中にもないようだ。

そのあとに彼は続けてなんと言ったか。

——強制するのも面白くないなと思っているところなんです。

今なら分かる。きっとあれはサフィージャのことだったのだ。

つまり今までずっと泳がされていたことになる。

「いったい何が目的で泳がせていたんだ？」

彼は何度も何度もサフィージャを質問攻めにしていた。

中でも一番こだわっていたのは恋人のことだ。

「……そんなに気になっていたのか」

以前のことをそんなに根に持っているのかという呆れと、ひょっとしたら自分の正体がバレているのかもという不安感のはざまでクァイツの言葉を受け止めていたが、サフィージャの恋人のことを聞き出すのが主な目的なのだとしたら、彼の矛盾した行動にも納得がいく。

気がついてほしいと言わんばかりのほのめかしと、ただの気まぐれだと誤解させておくための言い逃れ。

結局サフィージャは、見事なまでにクァイツに踊らされていたのだ。

――王妃の座がほしいのなら差し上げます。恋人から引き裂くつもりも毛頭ありません。

――あなたは何を望んでいるのですか？

「王妃になんて。なれるわけがないのに……」

サフィージャは異教徒で、平民で、魔女だ。そしてそのどれも動かしがたい。

可能なのは愛妾《あいしょう》として召し上げることだけ。

だったら、一連の行動はそのための手管《てくだ》なのではないだろうか。

甘い言葉でサフィージャを丸め込んで、できるだけ都合よく囲おうというのでは。

魔女を強制的に召し上げたら、最悪の場合毒殺だってされかねないことを、クァイツはよく分かっているのだ。

ならば何も怖いことはない。

どんなに誘惑されても、サフィージャがハイと言わなければいいだけだ。そのうちに飽きてくれるだろう。そう、誘惑に負けさえしなければ……

サフィージャはおそろしく安上がりだったおのれの所業の数々を思い出し、自嘲ぎみにフッと笑った。

……無理じゃない？

もうすでにたらし込まれている。

絶対負けないんだからと思っていたが、王太子さまには勝てなかった。

サフィージャは途方に暮れながら、なんとなくホロスコープを回してみた。

自分とクァイツの天体の位置をはかる。

太陽と月の比率。土星の位置。

どうもお互いに釣り合いのとれた相手らしい。穏やかで幸せな結婚。夫を成功に導く相。

金星と火星。月と金星。

官能的で情熱的な恋愛と幸せな結婚。金運にも恵まれる。

「……なんで恋占いなんかしてるんだ。ばかじゃないのか」

くだらない。

占いをする側だから分かる。こんなのはちょっとした話のきっかけをうながす程度のもので、占いの本質は相手の思いを聞き出すことだ。

それでもつかの間、二人の結婚生活に思いをはせて、甘い気持ちを味わった。

そのあとに、そんなことは絶対にありえないのだと思い至って、むなしくなる。

今なら恋愛ごとの相談に貴婦人たちがこぞって押しかけてきた理由も分かる。

盛り上がったり落ち込んだり、こんな激しい感情のブレは、とても自分ひとりの胸にしまっておくことなんてできない。

「私もいよいよあいつのことを笑えなくなってきたなあ……」

占いの基本は相手の気持ちを探り、導くこと。

では、サフィージャはいったいどうしたいのだろう。

自分のことであるはずなのに、まったく答えが見つかる気がしなかった。

煮出したセージやローズマリーの、くせのある芳香がふわりとあたりに立ち込めた。

魔女から供されるあやしげなハーブティーを、王太子はまったく用心せずに飲み干して、アーモンドの砂糖菓子も好き勝手につっついた。危機感がないというべきか、信頼されているというべきか。

「お加減はいかがですか。このごろはよく眠れていないのではありませんか?」

いつからだろう。

彼の顔を見ない日はないくらいなのに、それでももっと会いたいと思うようになったのは。

彼はいつだってやさしくしてくれるのに、もっと甘やかされたいと思うようになったのは。

「……大丈夫だ」

「では、改めてお願いしたいことがあるんです」

サフィージャはうなずいた。

「王太子どのは教会の腐敗《ふはい》を止めたいんだったな。もちろん私にできることであれば何でも言ってくれ。私は何をすればいい?」

「各地の教会、そして修道院に宮廷魔女の派遣を」

「それはまた……何万人必要なんだ?　とても足りないぞ」

「魔女結社の皆さんとも話をつけていただくとしたらどうでしょうか。まだ足りませんか？」

サフィージャは眉根を寄せた。

「……本当に教会をぶっつぶして乗っ取るつもりなのか？」

「もちろん。儀式は多少違えど、魔女結社の皆さんなら、結婚式も埋葬も彼らに代わって取りしきることができるでしょう？」

「そ、そりゃあまあ……」

教会は役所を兼ねている。つぶしたいのなら、行政部分の穴埋めを誰かがしないといけない。

だからといって、今日から教会式をやめて悪魔崇拝的な儀式で納得しろと言っても、現地人は誰も納得しないいんじゃないだろうか。

「しかししょせんわれらは異教徒……すんなり受け入れてもらえるとは思わないほうがいい」

「初めは宮廷魔女のあなたがたが先導してさしあげたらよろしい。あなたが以前にやっていたミサはお見事でした」

魔女結社の魔女と違って、宮廷魔女たちは教会のしきたりも覚えさせられる。

かつて大流行した疫病《えきびょう》のせいで修道士たちがその役目を放棄し、もう魔女でもいいから死人の埋葬を、と皆に望まれた経緯もあり、彼女らが執《と》り行《おこな》う多宗教混合の怪しげな儀式も現地人には抵抗なく受け入れてもらえる。

しかし――

「何か、気がかりなことでも？」

「そんなに簡単にいくだろうか――と思ってな」

宗教が違うということは、考え方もしきたりも、暦《こよみ》でさえも違うということだ。異教徒が増えるということは規範となるべき法が乱立するということでもある。統一的な規範が必要になるだろう。

そこまで考えて、はたと気づいた。

そういえば彼は古代法の学者を裁判官に立てると言っていなかったか。

それはこのためでもあったのか――と、サフィージャは少しだけクァイツを見直した。

「当然、やるからには必ず――と言いたいところですが、私にも分かりません」

いつでも王族風を吹かせているクァイツにしては珍しい、弱気な言葉だ。

「……時期尚早《じきしょうそう》、という言葉もある」

そう、この計画にはアラが目立ちすぎる。

「耳の痛いことです」

「ならば、なぜ、今ことを成そうと思ったんだ。枢機卿《すうききょう》に何か弱みでも握られてるのか？」

エルドランが教会に対して並々ならぬ復讐心《ふくしゅうしん》を抱いていることは分かった。

でも、クァイツにはそこまでの動機などないはずだ。

「そんなんじゃないですよ。ただ……」

彼はわずかに頰を染めてはにかんだ。

「あなたが、教会を恨んでいると言っていたから」

サフィージャは虚《きょ》を衝《つ》かれて、しばらく返事ができなかった。

「……そんなこと言ったか？」

「ええ。恨みなら売るほどある、と」

「覚えがないが……冗談だとは思わなかったのか？」

「因縁浅からぬ相手なのははたで見ていてもよく分かりましたから。さしつかえなければどんな恨みがあるのかお聞かせくださいますか」

サフィージャは目を細めて相手をよくよく観察してみた。

彼にはたまにこういうところがあった。確かに対座して会話しているはずなのに、心中をはかりがたいと感じることが。

どんなに推《お》しはかろうとしても、目の前には心をとろかすような魔性《ましょう》の微笑みがあるばかりだ。

「おそらく、深い恨みを抱くような出来事があったのではないかと思うのですが」

「ああ、ある。あった……そうだ。お前の言うとおりだ。私には、祖母がいたんだ。カーヒナ……偉い呪術師で、私に呪術を教えてくれたのも祖母だった」

「ええ」

まったく承知の上だというようにうなずくクァイツ。

でも、この男にそんなことを話した覚えはない。

いつの間に、どうやって知ったのだろう。

「祖母は村をおそった新型の疫病《えきびょう》を食い止めるために、馬の生き血を注射して回った」

——もともと羊や牛を飼って暮らしていたフラム教の信徒たちは伝統的に家畜の世話が得意で、人畜共通で感染する疫病の知識なども代々伝えてきた。しかし、知識のない一般の人たちには危険な悪魔崇拝の儀式と間違えられることもよくあった。

感染した馬の血の上澄みを使う祖母の呪術も、驚きと嫌悪の目で見られた。

「たくさんの人が助かったが、結局祖母は異端の魔女として処刑された。私は今でも分からない。なぜ祖母が殺されなければならなかったのか……そもそも教会の連中がしっかりしていれば、もっと多くの村人が救えたはずなんだ。姉が命を落とすこともなかった」

ふがいない教会に代わって、姉は母や祖母とともに患者の治療にあたり、感染事故で命を落とした。

幼いサフィージャは何もさせてもらえなかった。

「あのとき私は何もできなかった。だから恨んでいるというより、自分の無力さが悔しいんだ。……今だって、筆頭魔女だなんて言われても、できることなんてたかが知れている」

王宮の横を流れるエーヌ川のどぶさらいをまめにして、殺鼠剤《さっそざい》を配布して。でも、それではなんの解決にもならないというのは分かっていた。もっと根元から変えなければならない。

「だから、お前の計画を聞いて、実現したらすばらしいことだと思ったんだ。でも……やはり絵空事《えそらごと》なんだろうな」

「絵空事、でしょうか」

「そうだとも……だいたい話が壮大すぎて……」

「たとえばどういった点が壮大だと思いますか？」

重ねて聞かれて戸惑ったが、そんなのは数え上げるまでもない。

全部が全部不可能ごとだ。

「まず､習慣の違う小地方がいくつも増えたら､国を治めるどころじゃなくなってしまう」

「それをまとめるのが私の仕事ですし、そのへんはご心配なく」

目の前の男は不敵に笑う。

尊大な表情も、彼がするとどこか色っぽい。

企《たくら》みごとなど知らないかのような天使の金髪に血の色がにじむ虹彩。クラヴァットに挿《さ》された獅子《しし》のカメオは派手がましいが、優美な顔立ちは少しもそれに負けていない。

クァイツの美貌に幻惑されかけて、サフィージャはいっとき自分が何の話をしていたのか忘れた。

しっかりしろとおのれにカツを入れ、考えのかけらをまとめ上げる。

教会をつぶすにあたっての問題点――

「……やっぱり無理だ。相手はあの教会だぞ？　乗っ取りなんかしかけたって勝てっこない。われらなどあっという間にひねりつぶされるのがおちだ」

「だから、枢機卿《すうききょう》は共謀を持ちかけている。違いますか？」

「彼だってしょせんは七人いる枢機卿のうちのひとりでしかない。ひとりじゃどうにもならない……お前の言ったとおりじゃないか。それに教会には『騎士団』だってついている……武力行使されたら勝ち目なんてない。下手をすれば､ここが戦乱になるんだぞ」

「だから、武力行使させないために私がいるんですよ。先日お話しした、裁判権を王の手に取り戻す人事策もその一歩です」

よくのみ込めないまま、サフィージャは落ち着き払ったクァイツの主張に聞き入る。

「教会の『騎士団』は、王の名のもとで正当な裁きにかけられ、正当な理由で取りつぶされるんです」

こいつはさっきから何を言ってるんだ？

話があちこちに飛びすぎてついていけない。

「兵と裁判所は私が動かしますし、枢機卿《すうききょう》には教会を処罰するための環境を裏で作り上げていただきます。私があなたの敵を断ち切るための剣で、枢機卿があなたを弾圧から守るための盾――と言えば分かりやすいでしょうか」

分からない。分かるわけがない。

サフィージャはうんざりしてきた。こいつがどうかしていることだけは分かる。

「……もういい。お前の考えが甘いということだけはよく分かった。私はそんな話に付き合えない」

「いいえ、付き合っていただきます」

彼は慈愛のような、嗜虐《しぎゃく》のような、どちらともつかない微笑みをサフィージャに向ける。

「せっかく彼らから取り返した土地の管理はいったい誰がするんです？　荒れたまま神のいない地として放っておくおつもりですか。あなたなら絶対に見捨てておけないはずだ」

「でも……でも、無理だ。机上《きじょう》の空論だ。そうだろう？　無駄な血を流すだけで……うまくいきっこない。どう考えても教会はお前の手に余る……」

「私にできなければ、この国の誰にも不可能です」

サフィージャは遅ればせながら衝撃を受けた。

そう――そうだった。どれほど能天気でおめでたい男に見えても、彼こそは次代の王。こいつがやらなければ、民衆はいつまでたってもしいたげられたままだ。

たとえ荷が重すぎても、この国の玉座にかけて、彼はやってみせようと言っているのだ。

「……本当のところを言えば、私も危険をおかしたいわけではありません。自分の代が無事に過ぎるようのらりくらりと治世をしたっていいんです。でも、あなたを見ていたら気が変わりました」

ろう人形のように白く透きとおった顔に、紅《くれない》の瞳が印象的に燃えている。

「あなたは自分が無力だと嘆いていましたが、それは違うと思いますよ。あなたが何をしてきたのかは、私もよく知っています。強い女性だと思っていましたが、きっとそうではないのでしょうね。無理をして、無茶をして、さんざん苦い思いをしながら、それを全部ローブの下に隠してきたんですよね」

熱のこもった視線で見つめられて、どくりと鼓動が跳ね上がる。

「サフィージャどの。かつてのあなたの勇敢な行動がひとりの男の命を救い、彼の魂《たましい》に深いくさびを打ちすえました。そしてあなたのひたむきな想いが私の心をも変えてくださいました」

彼が上着の内から取り出したのは、一組のやわらかそうな手袋だった。

机の上にそっと置かれたそれを見て、ゾクリと肌があわ立った。

「ですからこれは、あなたのたゆまぬ一途な努力と、かぎりない慈愛にみちた志《こころざし》と、澄みわたるすばらしい英知とがもたらしたもの。まぎれもなく、あなたが、自分の力で、勝ち取ったものなんですよ」

王が賜《たま》わす手袋にはさまざまな意味がある。

式典などでは、権力を下賜《かし》する象徴としてしばしば手袋が授与される。

「これはあなたが受け取るべき正当な対価であり、切りひらいた未来への道しるべであり――ひとつの勲章でもあるんです。今はまだただの装飾品ですが……いずれまたじゅうぶんに報いることができるよう、私も努力していきます」

最新の染料を使ったのであろう、美しい黒染めの子ヤギの革に、銀色の組み紐と草木模様。

中指と薬指の、ちょうど指輪をはめる位置には、緑色の貴石が縫《ぬ》いつけてある。

サフィージャの趣味を完璧に把握したかのような作りの手袋だ。

「お前は……これを、私のために……？」

聞かなくても分かる。

わざわざそのために用意してくれたものだと、痛いほどに伝わってきた。

「ええ。ですからどうかお受け取りください。そして、この無謀な密約が成功するようにと祈ってはいただけませんか。私にはあなたのお力添えが必要なんです」

「なんの……、冗談……」

笑おうとした声は途中でつまって涙になった。

——すべてはあなた次第なんですよ。あなたは何を望んでいるのですか？

ようやく彼が自分を泳がせていた本当の理由に気がついた。

彼はずっとサフィージャを見ていてくれたのだ。

ほんのささいな言葉のひとつひとつを拾い上げ、きちんとピースがはまるように組み上げて――他人が聞いたら大笑いしそうな野望まで大まじめに受け止めてくれたばかりか、彼のできうる最善の方法でかなえようとしてくれた。

サフィージャが一番ほしかったもの。

絶対に手が届かないと思っていた野望。

疫病《えきびょう》のない、誰もがすこやかでいられる世界。

のどの奥から熱いものが込み上げる。

涙が勝手にふくれて視界を限りなくにじませた。

――処刑される前、祖母は泣きじゃくるサフィージャに、『呪術など忘れてしまいなさい』と言った。『お前が生きていてくれるのが私の最後の願いだから』。

言いつけを守って、サフィージャは多くの人を見殺しにした。

教会の医師はそろって患者の血に触れようとせず、外科処置の知識もおそまつで、薬も子どももだまし同然だった。

サフィージャが手当てをすれば助けられるはずの患者が、ヤブ医者たちに切り刻まれて死んでいくのを、ただいたずらに傍観していた。

そのたびに泣いたのは、彼らをかわいそうに思ってのことではない。

卑怯《ひきょう》な自分への罪悪感で泣いていた。無力で愚《おろ》かな自分のことが許せなかった。自分のための涙だった。

ある日、祖母がのこしてくれた書物から宮廷魔女の制度を知って、一も二もなく飛びついた。

宮廷魔女になれたら――きっと何かができると思った。

実際にはなんにも思いどおりになんかならなくて、嫌になるようなことばっかりで、投げ出したいとも逃げ出したいとも数え切れないほど思ったけれど、それでも。

ぼろぼろととめどなく涙があふれる。

しゃくり上げながら、小さくうめいた。意味のあるうめきではなかった。何も言葉になんかならなかった。

かつてサフィージャが流したどんな涙とも違う、嬉しさから出る涙だった。

「だ……大丈夫ですか？」

イスを蹴倒して近寄って、しゃがみこんで心配そうにこちらを見上げる男が、これまでに見たこともないほど慌てた顔をしていたので、サフィージャは涙をこぼしながら噴き出した。

泣きながら笑うサフィージャにぎょっとしつつ、彼はいいにおいのする新品のハンカチを折って丁寧に涙をぬぐってくれた。亜麻糸のレース飾りがあまりにも王太子に似合いすぎていたので、サフィージャはなんだかわけが分からないまま肩を震わせて笑い始めた。この男はやたらめったらこういう装飾品が似合う。

「あの……本当に大丈夫です……っ!?」

彼は言いかけたが、語尾がぶざまに跳ね飛んだ。サフィージャがしがみついたからだろう。頭をこすりつけ、高価な杉綾織《すぎあやおり》の胸元に容赦なく涙のあとをつけていく。

羊皮の仮面をつけた瞬間から、サフィージャは本物の黒死《こくし》の魔女になっていた。人に何をうわさされても傷つかなかった。教会に脅しつけられても怖くはなかった。きっといつかあいつらをまとめてつぶしてやるんだという目的意識が、どんな痛みも和らげてくれた。

でも本当は、すがれるものなら誰かにすがって泣いてみたかった。

涙がいつまでも止まらない。

……あんまり泣いたら、濡《ぬ》れた覆面が張り付いて呼吸ができなくなるというのに。

「どうしたんですか、いったい……まだ泣くような場面じゃないですよ。本当に楽しくなるのはこれからです」

苦笑しながら背中をあやされて、安心したらまた涙が出た。

「彼らの聖遺物入れから宝石という宝石を引き抜いて、地下室の神像を片端から飾り立

てやりましょうよ。ダイヤの目をした軍神ミスラとか、金箔《きんぱく》の衣をまとった牛頭の神なんてのもいいですね」

クァイツは実に楽しげだ。

「あの純潔の聖母の寺院の鐘を逆さまにひっくり返して魔女の大釜にしてやるのも楽しいですね。何百万もの人が尊敬を込めて見上げたあの聖鐘で馬の生き血でも煮つめてやったら……教皇でさえ涙を流して悔しがるかもしれませんよ」

「べつに……馬の生き血とか煮ないし……」

「おや、そうですか？　ではシチューでも作らせて夜会に出しましょうか」

お前のところの神だろうに、罰当たりな。

思わず男の顔を見上げると、神をも恐れぬうっとりとした微笑にいきあたり、背筋がぞくっとした。

こいつなら笑顔で鐘という鐘をひきずり下ろしていきそうだ。

「泣きやんでもらえましたね。……すみません、もう少し段階を踏んでお話しするべきでした。驚かれたでしょう」

「いや……違う。感動したんだ」

サフィージャは首を横に振った。

「次の王がお前でよかった。私は、お前についていきたい」

嘘いつわりなく、本心からそう思った。

「だから私に、疫病《えきびょう》のない世界を見せてくれ」

「ええ。お約束します。かならずあなたをそこに連れていく」

そしてサフィージャも、この男の望みにできるかぎり応《こた》えてやろうと思った。

彼が与えてくれるものを、いくらかでも返していこう。

その決意が、あざやかな薔薇《ばら》のように胸の奥で花開いた。

「……ところで、その……落ち着いたならそろそろ……」

彼が困ったように言う。

「……離れてほし……いえ、離れてほしくはないのですが……あの、これ以上くっついていられると、あなたにとってはたいへんに不本意な結果になることも考えられて……」

何かごにょごにょとつぶやいているが、歯切れが悪くてサフィージャにはよく聞こえなかった。

「……？」

「ですから、その……私の理性が保《も》ちそうにないといいますか……もう負けそうになっているといいますか……」

耳の先まで赤く染めた男の所在なさげな顔に、サフィージャは不覚にも心を動かされた。

……かわいい。

「……こ、婚前の女性がみだりに抱擁《ほうよう》など求めるものではありませんよ」

上からの説教にかちんときてしまい、ほの暗いいたずら心がわいた。

「……知るか。敗北主義の教会の手先め」

反対にこれでもかというほど抱きついてやると、焦ったクァイツに乱暴にひっぺがされた。

困ったような、怒ったような赤ら顔がまっすぐにこちらをのぞき込む。

視線の甘さに、サフィージャはクラリとめまいを覚えた。

「……あなたがあおったのがいけないんですよ」

彼は言い訳するように早口でささやいて、覆面ごしに唇を押しつけた。やわらかさを楽しむように二度三度と接触して、唐突にわれに返ったのか、慌てて顔を背けてしまう。

「すみません、取り乱しました」

高潮した頬を手の甲で押さえて必死にとりつくろう姿に、サフィージャは不思議な気分を味わった。

これ以上のことも平気でしてきたくせに、なんでいきなりよそよそしくなってるんだ？

そうか、まだ正体がバレてないことになっているんだっけ。

ぼんやりとした頭で、まだ今のサフィージャは素顔の知れない魔女なのだという設定を思い出した。

この場合、素顔の知れない魔女サフィージャから見た王太子は、夜会で出会った『彼女』と二股をかけているということになる。彼の話す『友人』の話は最初から本人の話だと分かっていたが、やはり最後まで設定がブレブレだった。

そこまで考えて、ようやく言うべき言葉に思い当たった。

この空気をひといきに壊して、いつもどおりに戻るための呪文。

「お前もずいぶん節操がないな」

「そんなわけないでしょう⁉︎」

ついという感じで言い返した男は、次の瞬間にはまた顔を朱に染めてうつむいてしまった。

「……あ、いや……その……すみませんでした……で、でも私は、誰でもいいだとかそんな、ふしだらなことは決して、だから、誤解だけはほら、しないでほしいというか……」

要領を得ない弁明がなおも困りきった男から発せられる。

策士気取りのこの男が、みずから重ねてきた嘘に足を取られているさまは面白いなんて一言で片付けられるものではなく、サフィージャは覆面の下でついにやけてしまった。

クァイツの言い訳はしばらく続いた。

サフィージャはそれを意地悪く楽しみつつ、その一方で覆面なんてなくなってしまえばいいのにと思わずにはいられなかった。

第十一章　もういらない

クァイツの様子にはとくに変わったところもなく、次の日の夜もいつものようにおみやげ片手に現れた。

サフィージャが小さな祭壇の火を整えて白檀《びゃくだん》をたいていると、灰まみれの素手を真紅の瞳に見とがめられた。

「手袋はつけてくださらないんですか?」

「だって……汚してしまうだろうが」

「ダメになったらまた革だけ張り替えてさしあげますよ」

「しかし、われらは手先を汚す仕事が多いから、それこそ毎日替えないといけなくなる」

「うーん……でも、なるべくつけてもらったほうがいいと思うんですよね」

「それはもちろんせっかくいただいた品だからなるべく活用したいとは思うが……式典用じゃないのか、あれって」

彼はあいまいに微笑んだ。

「……せっかくおきれいな手をしているので。私はいいですけど、ほかの方にはあまり見せないほうがいいですよ」

なんのこっちゃ。

もやっとしたものを覚えつつ、香木のかけらを火にくべる。白くたなびく煙を見守りながら、甘く清浄な香りを胸いっぱいに吸い込んだ。

ふと脳裏に過去のことがよみがえる。

初回の訪問時、クァイツは下がろうとするサフィージャを引き止めて、強引に手を握った。なかなか放してくれずに戸惑っていると、やけに念入りに観察しながらこう言ってきたのだ。

――すみません。……でも、きれいな手ですね。

みぞおちがすっと冷えるような感じがした。

たぶんこれは彼にとって重要な意味を持つひと言だ。

でも、何が言いたいんだ？

そう問いただしたい気持ちをこらえて何げなく彼を振り返ると、彼はとくにこれといった表情を見せることもなく、侍女にお茶を淹《い》れてもらって楽しそうに会話をしていた。

「べつに普通の手だと思うが」

「そんなことはありません。しみひとつないきれいな手です。ほかのものに見せたり触らせたりするのがもったいなくなるくらい」

……ただの嫉妬《しっと》か？

気恥ずかしい思いにかられて負けそうになったが、ぐっとこらえて会話を続ける。

「お前はいいのか？」

「ええ。だってもう今さら隠してもしょうがないでしょう？」

皆まで言わずとも分かるでしょう？　――そう言われているような気がした。同時に、このまま気づかないでいてほしいと思っているような気配も感じた。

隠してもしょうがないでしょう。だってもう、あなたの正体なんてとっくにお見通しなんですから。

でも、ほかの方には見せないほうがいいですよ。秘密に気づいてしまいますから。

サフィージャは深呼吸をした。聖なる火の移しが祭壇で静かに燃えている。しびれるような深い香りが焦りや不安を解きほぐしてくれた。

今なら、落ち着いて話ができる。そう、思った。

もう、終わりにしよう。

「……どうして分かったんだ？」

サフィージャの問いかけに、今度は王太子のほうがうろたえる番だった。

「な……なんのことです？」

「私の負けだ。もういいから、教えてくれないか。何を見て気がついた？――私の手か？」

それだけで、彼はサフィージャが『気がついた』ということに『気がついた』ようだった。

見つめる先でか細く炎がゆれている。

彼はしばらく口を開かなかった。

「……初めは、あなたの香りです。女性がつけるには甘さが足りない、独特の青っぽい香水をお使いだと思って。あなたが席を立った瞬間、非常によく似ていると思いました。

それで気がついたんです。ああ、これは薬草とエタノールの香りだったのかと――」

鼻がいいな！

サフィージャはびっくりして相手を見た。どうも冗談ではないらしい。

「……本当にそんなことで分かったのか？」

「いえ、あとから都合よく解釈してしまった部分もあるかもしれません。とにかく、似ていると思ったことだけは確かです。それに、その手――」

火にかざした手を、自分でもじっくりと見つめてみる。

何の変哲もない手だ。一晩一緒にいた程度で特定できるとはとても思えない。

「疫病《えきびょう》を患《わずら》われたわりには、ずいぶんおきれいな手をしていると思ったものですから」

あ、ああ。そっちか！

サフィージャは今さらながらに彼の博識ぶりに驚いていた。

疫病の患者は体の末端ややわらかいところに集中して異変があらわれる。

黒死病《ペスト》であれば指先などが真っ黒に壊疽《えそ》してしまう。そしてそれは病状が回復したとしても治らない。

顔に症状が出るのは一番最後だ。そのころには全身がくまなく病《やまい》に冒されている。手だけ無事ということはありえない。

「よくそれだけで……魔女たちでさえ誰も気づかなかったのに……」

「あとは目元の印象や――行動なんかですね。あなたは会話の上では意地悪で冷酷なぐらいなのに、触れられるととたんにボロを出す。地声が出たり視線が泳いだり……私はもう、あなたのうろたえている姿がかわいくってたまりませんでした。このまま覆面をはぎとってやれたらいいのにと思ったことも一度や二度ではありません」

「……性格、わっるいなお前……」

しかしまったくそのとおりなので何も言い返せなかった。

「あとはあなたの侍女のテュルコワーズ夫人と少しお話をさせていただきました」

「まさか……しゃべったのか？」

「責めないでやってください。彼女は口を割ったりはしませんでしたが、あなたよりも反応が分かりやすかった」

聖火がちろちろとまたたいている。光と影が踊る祭壇を見つめていると心が安らぐ。火を焚《た》いていてよかった。そうでなければもっと取り乱していた。

「顔の傷はどうやら羊の皮の加工品のようで。ヤヌスの仮面……でしたっけ。ときどき魔女の皆さんが催《もよお》し物でつけてましたね。工作しているあなたを見ているうちに、ふと思い出したんです。そういえばよくできていたなと」

サフィージャはため息をついた。

「……じゃあもう、ほとんど最初から分かってたんじゃないか。いったいどういうつもりでこんな茶番をしていたんだ」

「そうですね。どうしてでしょうか……きっと、あなたのことが知りたかったんだと思います。何を思い、何を考えて日々を過ごしているのか……少しでも多くを知れたら、あなたに近づけるような気がしました。……結果はあまりはかばかしくはありませんでしたが」

さびしそうな、力のない笑い声。こんな暗い顔をするような男ではないと思っていたサフィージャは、その原因が自分にあると思い当たって、なんとも言えない気分になった。

「もう追いつめてやるなと言われても、それでも、どうしても、……あきらめられなくて。さぞや未練がましい男とお思いでしょうね」

意地悪も憎まれ口もサフィージャはずいぶん投げつけてきたが、この男はいつでも楽しそうにしていた。不自然なほど明るかった。その裏にはきっといろいろな思いが隠れていたのだろう。

「……そんなことはないぞ。お前は私のばからしい野望にちゃんと向き合ってくれたじゃないか。あれは……嬉しかった」

「あ……そ、そうですか……？　そうだと嬉しいのですが……」

顔を見なくても、彼が照れているのが伝わってくる。サフィージャも改めて口に出す恥ずかしさでしばらく身悶《みもだ》えた。

「……私からも質問していいでしょうか」

「ああ」

「どうして疫病《えきびょう》のふりなんかしていたんですか？　素顔は——その。こんなことを言うとまたあなたに笑われてしまうのかもしれませんが……まるで百合《ゆり》の花のようなのに」

笑われると分かっててもやっぱり言うのか。

「そうだな……ひとつの決意みたいなものかな。教会に妙な誹謗中傷《ひぼうちゅうしょう》を流されて、悔しくて——それならいっそ利用してやろうと思ったんだ。彼らの思惑はまんまと外れて、私の名声は逆に上がってしまったよ。疫病が怖くて逃げ出す修道士に比べてなんと立派な魔女なのだろう、とね」

「やっぱり教会絡みだったんですね。……あなたの仕事にかける情熱には毎度驚かされます」

「ほめ言葉と受け取っておこう」

「それともうひとつ。あのとき偽名を使って逃げた理由。なにも逃げることはないと思うんですが……」

「な、しょ、しょうがないだろう？　あのままだと魔女をやめさせられると思ったんだ」

「やっぱり……」

　彼は深いため息をついた。

「そんなところじゃないかと思ってたんですが……あなたは本当に仕事がお好きなんですね。妬《や》けてしまいます」

「お前が悪い。なんかぜんぜん人の話聞かないし」

「あなたも人のこと言えないと思いますよ……」

「そ、それに、め、妾《めかけ》とか、絶対にごめんだ。私は筆頭魔女なんだ。ようやくなれたんだ」

「分かってますよ。私よりエルドランのほうがいいとおっしゃるのでしょう」

　サフィージャは面食らった。

　どういうことだ。

「なんで枢機卿《すうききょう》が出てくるんだ」

「彼からの贈り物を後生大事にしまっているくせに、よくもしらが切れたものですね」

「は……!?」

　エルドランからもらった指輪はサフィージャにしか分からないところにしまってある。

なんでそのことを？　見られていた？　それとも知らない間に密偵でも使って家探しさせたのだろうか。侍女が口を割った？　それとも掃除をする下働きが？

逡巡《しゅんじゅん》したのはほんの一瞬だったが、クァイツにはそれでじゅうぶんだったらしい。

「こんな安いひっかけに乗らないでください……」

彼は本日何度目かの深いため息をついた。

「来たときは確かに彼がつけていたはずの指輪が、出発の朝にはひとつ消えていました。印章をそう簡単になくすはずありませんから、どこかに預けたのだろうとすぐに分かりました。ではどこへ？　あなたのところに決まっています。でも、私はその場面を目撃していません。それなら、私の知らないところで隠れて会っていたということになりますよね」

こ、こわ！　この男怖い！

サフィージャは込み上げる震えに体を硬くした。

「やっぱりエルドランがあなたの恋人だったんですね。だますならもっとうまくやってください。私だって気づかないままでいたかった」

「ち……違う、誤解だ、私は枢機卿とは何も……」

「二晩も一緒だったくせに」

クァイツはますます不機嫌そうに語調を強めた。

「……私があんなに切望して、ようやく一緒に過ごしてもらえた一晩なのに。それをあなたは簡単にあの男へ……」

サフィージャは押し黙る。何を言っても今は逆効果だろう。

完全に誤解だが、それでも密室に招き入れたのは本当だ。証明する手立てなど何もない。

世にも苦しそうなクァイツの声に触発されて、サフィージャの胸も激しく痛んだ。

「結局あなたは筆頭魔女もやめたくないし、恋人とも関係を続けていきたいんですよね？　いいですよ。ご希望でしたらそのように取りはからいます。ただし……」

「な……なんだ？」

サフィージャは罪悪感で縮こまっていた。なす術《すべ》もなく話を聞かされる。

彼はなめらかな美声に、思わずゾクリとするような暗い響きを混ぜてみせた。

「これは、私からあなたに贈ることのできる最高級のブリーシンガルの首飾りにして——あなたをつなぎ止めておくための首輪です」

ブリーシンガルの首飾り。

北方の多神教のエピソードだ。

美と愛の女神は、小人たちが作った見事な首飾りにひと目惚れをして、その買い取りを願い出た。しかし彼女のあまりの美しさに目がくらんだ小人たちは、金銭よりも彼女の体を要求した。

「……意味はお分かりですね？」

女神はその黄金と炎の首飾りほしさに四人の小人と四晩続けて夜をともにした。

つまり、宮廷魔女でいたければ――体を差し出せと言っているのだ。

サフィージャは衝撃でつかの間呼吸を忘れた。

「お前は……」

悲しみと不安が込み上げて泣きそうになったが、炎を見つめて心を落ち着けようとつとめた。そうすると少しだけ呼吸が楽になって、なんとか続きを言えそうなくらいにまで平静を取り戻せた。

「お前は、自分が何を言っているのか分かっているのか？」

「卑怯《ひきょう》なのは分かっています。嫌われたって仕方がない。最低なのも承知の上です。でも、もう、これしか思いつきませんでした。激しく憎まれていたほうがよほどマシだ……と申し上げても、きっとあなたには理解できないでしょうね」

「恨まれて、嬉しいのか」

「嬉しいですよ。……何とも思われていないよりは、よほどね」

サフィージャが彼を何とも思っていないということはありえない。

それが伝わっていないことにもどかしさを感じつつ——当然か、と思い直した。

今の今まで、逃げ回ってばかりいたのだ。

「どうもあなた方の神は不義密通も快楽も悪いことだとは思っていないようなので、あなたさえその気なら、お望みのものは何でも用立ててさしあげますよ。……あなたの好きなものならよく知っています。富と名声と、野望のための足がかり——そして筆頭魔女の地位。愛しい恋人だってそのためには捨てられると豪語したあなたですから、拒めるわけがないですよね」

サフィージャは首を振る。口を開いたら泣き声になってしまいそうで、何も言えなかった。

確かに拒めはしないと思う。

でも、サフィージャが彼を拒めないのは、もっとほかに理由があった。

ものでで釣れる女だと思われているのが、さびしくて悲しくて辛かった。

残酷なことを次々と突きつけてくる王太子殿下は、それに、と続けた。

「それに、……私はあなただけを大切にします。私のところの神は、浮気も不倫も認めません。ですから、私の愛しい方は、生涯ただひとり、あなただけです」

サフィージャは再びせり上がってきた涙を必死に呑み下した。

一番言ってほしい言葉だった。

嘘でもいいから聞いてみたい、甘いセリフだった。

「妃《きさき》は……？」

「いらないでしょう。王位はいとこが継ぎます」

「そ……そんなのはダメだ。お妃さまも陛下も悲しむ……国民だって悲しむ。お前はきっといい王になる。……ならなきゃダメなんだ。そうでないと私も困る」

「それは……あなたが妃になってくれないのが悪いのではないですか」

サフィージャはむかっ腹を立てた。

女を権力ずくでものにして、その責任まで押しつけるなんて、いくらなんでもあんまりだ。

今の今まで保てていた均衡が、急に壊れていくのが分かった。

サフィージャはもう捨てばちな気持ちのまま、今までどうしても言えなかった言葉を――

「わ……私だって、なれるものならなりたいわ！」

――本音を、ぶちまけた。

そのときのクァイツのうろたえようはすさまじかった。

「……ッ⁉　……え？　あ、は？　……え？」

そして自分でも驚いていた。あれほど分からないと思っていた自分の気持ちがどこにあったのかを、今になって初めて思い知らされたからだった。

口がすべったと一瞬だけ後悔したが、もう構うものかと思った。

どうせここで全部おしまいにするのだ。

「私は信仰を捨てるつもりもないし、身分だって労働者だ！　逆立ちしたってお前の妃《きさき》になんかなれやしない！」

「お……落ち着いてください……」

「筆頭魔女の地位だって絶対捨てたくないし、……だから、べつに、妃になんか、なれなくたってっ……」

堪えていた涙がとうとう決壊した。肺の奥からしぼり出すようなため息が漏《も》れる。

「エ、エルドランは……」

「枢機卿《すうききょう》とは何でもないって言ってるだろう⁉　お前はいつもいつも人の話も聞かず勝手に何でも決めつけて！　そもそも私に恋人なんかいないんだ！　ただお前がそう言えばあきらめてくれると思ってっ……！　わ、わた、私は……仕事が恋人みたいなものだからっ……！」

みじめすぎる。

失恋するその日に、見栄《みえ》でついた嘘も暴露しないといけないなんて。

「……あ……し、しごと……？」

「き……妃に……！　妃にしてくれるって言ったのに……！　愛人になれとか言うし……！　お前なんてき、き、嫌いだ……っ！　もう顔も見たくない……！」

「わ、分かった、分かりましたから、落ち着いてくださ い……ね？」

「お、落ち着いてなんていられるか！　私だってお前のことがす、好きなのに、お前がちゃんとしないから、わ、私はしっかりしなきゃって、思っ……う、ううう……！」

子どもか。

自分の取り乱しように自分で呆れつつ、しゃくり上げながらわめき散らすのはなかなか気持ちよかった。

こんなことをしたのは何年ぶりだろう。

なおもなじってやろうと口をぱくぱくさせていると、後ろからぎゅっと抱き締められた。

鼓動が速まり、ますます頭に血がのぼった。

「や、やめろ、放せ、これ以上私を侮辱するな！」

「すみません、あなたがそんなに思いつめていたとは知らなくて……本当に、申し訳ありません……そのようにお辛い気持ちにさせてしまって、なんとお詫《わ》びしたらいいのか……」

やさしくなだめられているうちに、少し冷静さを取り戻した。すん、と鼻をすって涙をひっこめる。

密着した体から、やけに速い鼓動が聞こえる。

自信満々なこの男でも緊張することがあるんだなと、場違いな感想が脳裏をよぎった。

「でも、あの……もう一回言ってもらってもいいですか？　何か今、都合のいい幻聴がしたような気がしたので……」

「は……？」

「ですから、その……あなたは私の愛妾《あいしょう》なんかまっぴらだと言ったでしょう？　だから妃《きさき》なんかもっと嫌がるかと思ってたんですが……」

「そんなの、なれるものならなりたいに決まってるだろう？　でも無理なんだ、私は平民で、異教徒で――」

「大丈夫ですから！」

力強く言われて、サフィージャは二の句がつげなくなってしまう。

「なんとかします！　障害なら私が全部、責任持って取りのぞきますから！　あなたが誰に何をはばかることもなく過ごせるように用意します、……いえ、させてほしいんです！」

クァイツは怖いくらい真剣だった。

必死ささえ感じさせる勢いでまくし立てる。

「……あなたは何も心配しなくていいんです。ですからどうかもう一度聞かせてください」

今にも泣きそうに震える声。

「私と、結婚、してくださいますか？」

彼はきっとこのひと言を言いたかったのだろう。言いたくて言いたくて、でも言えなかったから、あんなふうにやりこめて愛人にする方法まで考えてしまった。なんて愚《おろ》かなのだろう。

つられてサフィージャもへにゃりと顔が崩れるのを感じた。

「してくれなきゃ嫌だ……！」

横暴で身勝手なくせに、サフィージャに拒絶されるのが怖くて子どものように怯《おび》えてしまうこの男が――やっぱりどうしても好きだと思った。

「異教徒だなんて、そんな些細《ささい》なこと……あなたは、そんなことを心配してたんですか……？　誰にも言えずに、ずっとひとりで……？　嫌だな……私は最初からあなたに妃《きさき》になってほしくて……そのつもりでいたのに……何でちゃんと伝わらなかったんでしょうか……」

安堵と後悔の入り混じった独り言のような彼の告白。きつく抱き締められながら聞いているうちに、せっかく止めた涙がまた泉のようにあふれ出る。

濡《ぬ》れた布で鼻と口をふさがれ、息苦しさが限界に達した。

もう必要ないのだとようやく気がついて、サフィージャは顔を覆《おお》うスカーフをはぎとった。固定していた羊皮の仮面もまとめてかなぐり捨てる。外気に触れて、涙のあとに風を感じた。

呆然とした色合いの紅《あか》い瞳と視線が交差した。

彼の頬にじわじわと歓喜の薄紅色が広がっていく。

「……サフィージャ」

名前を呼ばれて体が甘くざわめいた。

「やっと呼べた……ずっとあなたの名前を呼びたかった……！　もう壊れてしまいそう

だった！　サフィージャ……！」

あごを持ち上げられて、サフィージャはありったけの信頼を感じながら瞳を閉じた。

本当に何もかも彼に任せてしまっていいのだと、そのときようやく実感できた。

国のためだとか、未来のためだとか、いくつもの心配ごとも今は忘れていいのだと——

彼ならきっとなんとかしてくれると思えて、素直に甘えてみたくなった。

心が通じ合って初めてかわすキスは、これまで受けたどんな激しいものよりもずっと強く体を震わせた。

溶けてなくなりそうな恍惚《こうこつ》の中で、飽きることなく舌と唇を重ね合う。

だんだん引き返すのが難しいほどくちづけが深まっていって、うっとりと身を任せていると、体を横抱きにされた。

連れていかれる先がベッドの上だと知って、サフィージャはクァイツの首にしがみついた。

もう一秒だって離れていたくはなかった。

天蓋《てんがい》を閉めきってしまうと、お互いの鼻先も見えなくなった。

手探りでするキスはなんだか妙な気分をかき立てる。

「少し待ってください、灯りを……」

いい気持ちで唇を合わせていたのに、ひっぺがされてさびしくなった。

鼻を鳴らして、ねだるようにクァイツの袖を引く。

「そんなのいいから……明るいと恥ずかしいし……」

「でも、このままだとあなたのことがよく見えないでしょう。やっと覆面を脱いでもらえたので、ちゃんと見て、実感したいんです。なんだかまだ夢の中にいるようで……」

確かにあまり現実味のない光景ではある。

いつもの粗末なベッドに王太子がいるというのは。

それこそ都合のいい夢なのではないかと思えてしまう。

火口からろうに点火すると、かろうじてお互いの顔が分かるくらいになった。

「目が真っ赤ですよ。まぶたをこんなに腫《は》らして……辛かったでしょう」

……今さらそんなやさしくされても。

「たくさん泣かせてしまいましたね。本当なら私が一番にあなたを助けてさしあげなければいけなかったのに……」

「べつに。大したことじゃない」

「意地っ張り。でも、あなたらしいですね」

「うるさいやい」

王太子のくせに生意気だ。

そうは思いつつ、まぶたの上に唇を寄せられると、胸に疼痛《とうつう》がわいた。

「……ふふふ、うさぎみたいですよ。あなたは本当にどんな姿をしていても可憐《かれん》だ」

嬉しくてたまらないのに、なぜか心がヒリヒリと痛む。

やさしくされすぎても涙が出てくるのはどうしてなのだろう。

「あれから毎晩あなたのことを思い出していたといったら、笑いますか」

さ……さわやかに何を言うんだこの男は。

毎晩ってあれか。

そんな目で見ていたのか。

「できれば黙っていてほしかったかな……反応に困るから……」

「だって好きなんですよ。私にもどうしようもないんです。どなたかがさんざん焦《じ》らしてくださったのでそろそろ壊れるんじゃないかと思うくらい悩みました。ちゃんと責任を取ってほしいですね」

言い合っている間に、豪華なタイピンが引っこ抜かれてそのへんに落ちた。

焼きごてできっちり整えられた純白のクラヴァットも無造作に投げ捨てられる。

等間隔に燦然《さんぜん》と並んだ金メッキのボタンが乱雑に外されていく。

「ああ……夢だったんですよね。澄ましているあなたの、この服の裾に手を入れてみたいと何度思ったことか」

クァイツはシャツ一枚の体を寄り添わせ、サフィージャのはだけた胸元をまさぐって、素肌に手のひらを這《は》わせはじめた。

予想外のことをされてサフィージャは固まった。

「な……まだ、脱げてな……」

片袖を通したままのこんがらがった状態で、胸の脂肪をふるふるとゆすぶられた。

「やっ……あっ、ちょっ……、……っ、……ん……」

漏《も》れ出る声が自分でも信じられないぐらい甘い。

泣いたことで気持ちが高ぶっているらしく、触れられただけで愛おしい気持ちがあふれてくる。

着替える手を止めてぼうっとしていると、衣服を下腹部までまくり上げられてしまった。

指先の冷たさもあいまって、大げさなぐらいの震えが背中をかけ抜ける。

「……力を抜いて。足を開いていただけますか？　このままだと触れないので」

閉じた足の間で、冷たい指が下腹部をなぞる。それだけでゾクゾクと甘い衝撃が込み上げてきて、サフィージャは瞳をうるませた。

今触られたらそこがとんでもなく熱くなっていることを知られてしまう。

まだいくらも触れ合っていないのに。

顔から火が出そうな思いでサフィージャが体の力をゆるめると、寒さ以外の何かで震える太ももの間に、クァイツが強引に割り込んだ。

足の付け根の中心に何かが触れて、ぬるつく粘液の上をすべった。

その途端、おびただしい量の震えが背筋をかけのぼり、変な声が出そうになった。

「……んんっ、んんんっ……」

浅いくちづけのはざまから、きれぎれに甘いうめき声が漏れていく。

蜜の吹きだまりのようになっている下腹部を、硬いものがこすり上げる。

キスですっかりとろかされていたサフィージャは息をのんだ。中に押し込まれるのではないかと思い、とっさに体を硬くしたが、閉じ合わせへ横ざまにくっつけたままゆるゆると動かれる快感に、すぐに力が抜けていった。

求める気持ちが強烈にせり上がり、目の前が白くなる。

「……すごい。温かくなってますね。こうしているだけで気持ちいい……」

感動したようにつぶやくクァイツ。硬くふくれあがった先端を濡《ぬ》れそぼる表面にこすりつけながら、最上についている粒をクチュリと押しつぶした。

「んくぅっ……！」

悲鳴が小さくのどをついた。どろりとあふれる甘い快楽に脳のどこかが焼き切れそうになる。

入り口をこすり立てるものがますます硬くなり、何かに取り憑《つ》かれたように激しく行き来し始めた。

サフィージャはそれだけで呼吸が追いつかなくなってしまう。

「……、は、……っぁ、……はぁっ、あぁ、も、……」

とろみを帯びた小さな花芯を、張りつめた切っ先がいじくり回す。ぐずぐずとつつき、押し付け、もてあそぶ動作に、恥ずかしいくらい乱れる息を聞かれたくなくて、唇を噛んで耐えた。

「気持ちいい……ぐちゃぐちゃになってますよ。ほら……」

ふいにクァイツの大きな手がひざの裏をつかみ、おなかからサフィージャの体を折り曲げた。腰が浮いて、下腹部が自分の目にも明らかなほどさらされる。花びらが長い柄の部分にこすり上げられて頼りなく形を変えていた。

卑猥《ひわい》な光景にサフィージャは声も出ない。

「見えますか？　こんなふうになってもまだ恥ずかしがって体を隠そうとするんですから、あなたの意地っ張りもなかなかですよね」

甘いからかい言葉に反応して全身から汗が噴き出し、薄桃色に染まっていくのが分かった。見てはいけないと思うのに、どうしても視線をそらせない。下半身からゾワリと甘いしびれが這《は》い寄ってくる。

「ひっ！　……や、ぁ……やだ……っ、あ、あッ！」

「……、焦《じ》れったいですね。したければ、したいと素直にねだってはいかがですか」

クァイツにぐいとあごをつかまれ、強制的に上を向かされた。まっすぐにのぞき込まれて、サフィージャはうろたえる。どうしていつもいつもそんなことだけ筒抜けなのだろう。気持ちがよすぎてすっかり打ちのめされた瞳の色を、彼は正確に見抜いているのだ。

色っぽく首をかしげたクァイツに唇を吸い取られた。浅いところをかすめるようにくちづけを繰り返されて、まともな思考が溶かされていく。

「……私もそんなに余裕があるわけではないんですよ。もう今にも溺れてしまいそうなんです。早く助けてはくださいませんか。でないと……あなたにひどいことをしてしまいそうだ」

硬い先端がひだの外側をくにくにともてあそぶ。

心地よい震えが全身をかけ巡った。してほしいと言いたいのに、のどがねばついて、嫌だと言ってしまいそうになる。

サフィージャ自身にも処理しきれない矛盾に、うっすらと涙が盛り上がった。

とろみを帯びた下半身全体に熱い柄を何度も何度もすりつけられて、腰が浮き上がりそうになった。

「もういい具合ですし、つなげてしまっても構いませんか？　早くあなたの中に入りたい……」

先端がつぷりと埋め込まれる。快楽に引きずり込まれそうになりながら、サフィージャはけんめいに首を振った。

濡《ぬ》れた瞳で訴えかけていると、クァイツは秀麗な顔立ちをかげらせ、ばつの悪そうな顔をした。

「ああ……泣かないでください。怖がらせてすみませんでした……あなたがかわいくてたまらなくて、つい出来心で……はがゆいことです。私はただあなたをかわいがりたいだけなのに、すればするほど泣かせてばかりで……」

快感をこらえてか、体をこわばらせつつ、クァイツはため息をついた。すっかり落ち込んでしまっている。

悪いとは思ったが、焦って空回っている姿が面白くて、身構えていたサフィージャからふっと力が抜けていった。

「……ええと」

よかった、ちゃんと声が出る。凍っていたのどにもようやく息が通った。

「大丈夫。だから……わ、私も……」

これから口にしようとしている言葉のはしたなさに、改めて冷や汗をかく。この男はこんなことばかり口走っていて恥ずかしくないのだろうか。

「……そろそろ、してほしい。少しくらいなら、ひどくしても構わない」

そうか、と自分でもふに落ちた。サフィージャは彼の言うところのひどいことも、そんなに嫌いではないのだ。

「お前にだったらひどくされても、嫌じゃないから……」

「……！　サフィージャ……」

クァイツはちょっと涙目になった。長い下まつげに大粒の透明なしずくがたまり、緋《ひ》色《いろ》の瞳が妖艶《ようえん》にけぶる。

サフィージャは心底驚いた。この男はだいたいにしていつも薄ら笑いを浮かべているくせに、まったくらしくない反応である。

「幸せすぎて怖くなってきました……もうこのまま死んでしまいたい……」

「え……そんな大げさな……」

「辛い……あなたの愛らしさは何でできてるんですか？　私の夢とか願望ですか？　淫《いん》魔《ま》のたぐいが寝所に忍んできて見せてくれる夢まぼろしだと言われても、今さら驚きませんね」

「さっきからお前が何を言ってるのかさっぱり分からん」

浮き沈みの激しい男である。

「嫌だな、心配しなくても……ちゃんとこちらで分からせてあげますから」

クァイツは腰を引いて、硬いものを花弁の中央にあてがった。そのまま息もつかせずぐっと押し込める。

異物がいやらしく粘っこい音と一緒にもぐり込んできて、サフィージャの気が遠くなりかけた。重たい衝撃が悪寒《おかん》とともにせり上がり、ひだをかきわけながら少しずつ中を満たしていった。

悲鳴がのどの奥で弾ける。苦しいくらいの圧迫感に背筋がよじれた。

「簡単に……入ってしまいましたね？　ああ……すごい。……気持ちいいでしょう？

すごくいい顔していますよ」

クァイツが赤面ものの事実をささやきかけてくる。

そんなことといちいち説明しないでほしい。いたたまれなさに顔から火が噴き出す。

それでも耳をくすぐられてしまうと弱かった。あざけりと慈《いつく》しみがないまぜになったような響きに、おなかの奥がきゅうっと反応する。

グプリと奥に腰を打ちつけられて、快感が全身を貫《つらぬ》いた。

息をつく間もなく次の突き上げを食らう。溶けきった内部が何度もこじ開けられ、甘いさざ波を全身に送り込んだ。

硬く張りつめた先端がひだの最奥に押し込まれるたび、そこが熱くうるんでいく。

うずく場所を激しく責め立てられて、サフィージャはびくびくと何度も体を跳ねさせた。

「くっ、うっ、うぅぅ……！」

濡《ぬ》れそぼった道をごりごりと割り開かれて、サフィージャは三日月のように背を反らした。

長いくさびのすり上げに、強烈な快感が生み出される。貪欲に何度も呑み込んでいるうちに、サフィージャの足腰が勝手にゆれ始めた。

「ああ……ドロドロだ。溶けそうなくらいやわらかい……」

穿《うが》たれたくさびがぬめりながら引き抜かれる感覚に、ゾクゾクと鳥肌が立ってしまう。間髪《かんはつ》いれずにふたたび感じるところに突き入れられ、ひとたまりもなく意識が真っ白に染め上げられた。

「こんなに感じやすいくせに、あなたときたらあんなに簡単にエルドランに触れさせて……」

「……っ？　な、にを……っ、ぁ、……んんっ……！」

早いペースの突き上げに、サフィージャは激しく体をゆさぶられる。一番気持ちのいいところを連続で押し開かれて、背中が何度も浮き上がった。

「私がどんなにあなたに触れたかったか……なれなれしくあなたの手を握るあの男を私がどんな気持ちで見ていたか、あなたに分かりますか」

根元までズプリと長い柄が埋め込まれる感覚に、強烈な浮遊感がせり上がってきて、サフィージャはのどがつまった。

中奥を突き上げられるたびに熱い快感が走って、ビリビリと腰をしびれさせる。

「やっ、ん、んぅ、も、うぁ……っ」

激しく犯される悦楽に、太ももがぶるぶる震えてしまう。

汗で張りつく長い髪をゆらしつつ、サフィージャも必死に男にしがみついて腰を上下にゆらすと、今までとは比べものにならないくらいの欲望が重たくおなかの底にたまり始めた。

「あのとき私が助けてさしあげなかったら、あなたはどうするおつもりだったんでしょうね。少し手を握られたくらいであんなに可憐《かれん》に恥じらってみせたりして。誘っているのかと思いました」

ジュプジュプと蜜を泡立てながら上下する切っ先に意識を削られているサフィージャには、あのときがどのときだかもろくに思い出せない。ただ、言いがかりをつけられていることだけは分かった。

「私は、そんなつもり……ぁぅっ……！」

「あのまま体を求められたら、拒めなかったのではないですか？　ほら……今だって、こんなに濡《ぬ》らして……ひくつかせて……」

濡れたひだの行き止まりまで容赦なく受け入れさせられ、そこがえずくようにひくついた。

背筋にねっとりした快楽がせり上がり、サフィージャはたまらず身悶《みもだ》えた。

「……ん、……んんッ、んふ、……！」

「あの男は具合がよかったですか？　一晩も体を許すぐらいですから、よほどでしょうね」

苦い嫉妬《しっと》を耳から流し込まれつつおなかの裏をえぐられて、ブワリと快感がふくれ上がった。

サフィージャの瞳に涙があふれて、世界に薄いヴェールをかける。

中の敏感な場所にくさびの先端が押しつけられ、立て続けにさいなまれた。気持ちよさにつま先が宙をかき、さらなる快感を求めて下腹部がうずく。

「この愛らしいあなたの姿があの男の手で暴《あば》かれたのかと思うと、本当に耐えられない」

「……やめて、……いわな、……でっ……！」

執着心をむき出しにした責め言葉と一緒におなかの奥へと突き入れられると、ひどい震えが込み上げてくる。それがサフィージャには怖かった。どうしてかは分からないが、気持ちよくなってしまうのだ。

「触らせて、……なんか、……ない、から、っん……！」

硬く反った柄がひだをめちゃくちゃにこすりながら抜けていき、すぐにまた激しく打ち込まれる。感じすぎるところにグリグリと当てられて、サフィージャは息がつまった。

「まさか。あなたが、こんな状態で、拒めるわけがないでしょう？　ほら……」

奥深くまで一気に貫《つらぬ》かれて、背骨が弓なりになる。

続けざまにとろけるような快楽を送り込まれて、サフィージャはいやいやと首を振った。

「私と、あの男と、どっちがよかったですか？」

「し、……てな、何もしてないから、比べようがっ……」

「あなたは嘘までかわいらしいんですね」

サフィージャの目から大粒の涙がぼろりとこぼれた。

「もっ……ほんと、違うからっ……話、聞いてっ……」

サフィージャが身をよじって逃げようとすると、肩口を荒っぽく押さえつけられた。

そのままズンと深く挿入される。ぞっとするほどの甘いしびれが溶け出した。

ぬるつく内壁をすり上げながら硬いものが出入りし、ひっきりなしに快感をほとばしらせる。

「聞きたくありませんね。あなたは言い訳が下手ですから」

楽しげとすら言える声音で、クァイツが甘くささやきかける。

「嫌だ、ダメだと言いながら、あなたはいつもひどく欲情した目を私に向ける。中もすっかりとろけていて素敵ですよ」

ひどい内容を吹き込まれて、サフィージャは羞恥《しゅうち》に燃え上がる。

根元が花弁につくぐらい強く突き立てられて、グラリと目の前が傾いた。

「ごまかしたってダメですよ。こういうの、お嫌ではないでしょう？」

ゆっくりと前後に動かれて、ひだが激しく引きつれた。

胸を押し揉まれて、頂《いただ》きを指先でにじられるたびに、こわばったものをくわえ込まされた下腹部が熱くうねった。

「あ、あ……やぁ……、あ、あっ、ああ……」

律動に合わせてサフィージャのこらえ性のないのどから悲鳴がとめどなくあふれ出る。

「声が高くなってきましたね。あなたは本当に素直でかわいらしい。エルドランだって手を握ったときに気づいたと思いますよ。あなたの冷酷さは見かけだけで――本当はとてももろくて、流されやすくて、みだらなんだと」

「……でたらめを、……ッ、ひっ……！」

煮えたぎる内奥を荒々しく割り開かれて、あごがのけぞった。

半端に着込んだままのローブに熱がこもり、暑くてたまらない。汗でしっとりと濡《ぬ》れる胸の上を焦れる男の手が這《は》い、甘いはずかしめを加える。器用な指先がてっぺんを押しつぶし、撫《な》で上げ、転《じ》がした。

「んふっ……あっ……はぁんっ！　あっ……！」

「かわいい強がりを言っても無駄ですよ。あなたはすぐにボロが出るんですから」

蜜まみれの中をふくれ上がった先端が容赦なくにじり、感じるところを何度も突き上げる。

サフィージャは魚のようにつま先をくねらせながら、快感の震えを耐え忍んだ。

「私のかわいいサフィージャ。……もうあんな男に隙を見せないでくださいね？　あなたはもう私のものなんですから」

名前を呼ばれながらガツガツと内壁をむさぼられて、ひとたまりもなく背筋がとろけた。

ただ名前を呼ばれるだけでこんなに嬉しいなんて。

サフィージャは瞳をうるませて、必死に相手にすがりついた。

「……すき、クァイツ、もっと呼んでっ……」

「サフィージャ、私の愛しいサフィージャ……もう、どこにも行かないでください……」

おなかの奥をひときわ強く突かれて、重たくよどんだ熱がひといきに散らされた。

「つぁ、……あぁぁっ、――ッ！」

ビクビクと全身がわなないた。

サフィージャはぎゅっと目を閉じて、激しい恍惚《こうこつ》が弾けるのをやり過ごした。

脈動するひだが収まるまでたっぷりとくちづけを与えてもらい、そのやさしい感触にも肺が震えるほどの陶酔《とうすい》を味わった。

「……っ、かわいい……」

唇をちゅっと吸い上げてから放し、クァイツが幸せなため息をつく。

「すごい締め付けで、耐えられなくなりそうでした」

情欲でかすれた声音が耳の中に吹き込まれて、首筋がゾクリとあわ立った。

「きつい……ああ……もう、どうにかなりそうです……」

ますますたぎる柄に突かれ、全身をゆり動かされて、サフィージャは体を硬直させた。

欲が引いてぼんやりするひたいの裏に振動がガンガン伝わっていく。

「ふっ、くっ、ふ、ぅうっ……」

苦しいぐらいの突き上げがひだの感じやすいところを攻め立てる。

冷めかけた熱が瞬時に沸騰《ふっとう》した。

蜜を撹拌《かくはん》して上下する先端の硬い感触に酔いしれる。脳みそごとゆさぶられて、首といわず肩といわず全身が震えてしまう。

体内で蠢《うごめ》くものの硬さにおなかの奥から重い焦熱《しょうねつ》を引きずり出されそうになる。

「ああ、ゃ、んんぅっ、……っ」

ふくれた柄の傘の開きがひだをかきわけ、いいところを的確にすり上げる。その熱さと勢いに、サフィージャはただただ翻弄《ほんろう》された。

ひどくうずく一点にぬるつく先端を執拗《しつよう》に押しつけられて、こらえようとしても腰がゆらめいた。

クァイツがくすりと笑い、言葉少なに愛をささやく。

「愛してます、サフィージャ……」

熱い舌が耳たぶをねっとりと這《は》い、けもののような荒い息が首筋をさわさわと撫《な》で回す。

熟しすぎて形がなくなりそうなほど溶けている内壁に、硬いこわばりが食い込んでいく。

サフィージャはこらえられなくなって、あえぎをひっきりなしに漏《も》らしてしまう。

「あん、……はぁっ、あ、っぅ、ぁ……！　あぁぁっ……！」

あられもない嬌声《きょうせい》をこぼすたび、最奥を何度もえぐる先端が、さらにかさを増したように感じた。

ベッドが激しくきしむ。

「……っ」

声にならない男の声が耳元で小さく弾ける。その妖艶《ようえん》な響きにも感じてしまい、心臓が切ない痛みを訴えた。

優美なのどが引きしぼられて、激しい吐息をつむぎ出す。

クァイツは口も利けないほど余裕をなくしているらしい。押し黙ったまま、ひたすらサフィージャの体内を開かせていった。切っ先を奥深くに挿入し、生々しくこすり立てて、いい反応があったところを押し開く。

サフィージャはクラクラする頭を右に左に振った。

腰をきつくつかまれて、理性が根こそぎ吹き飛ぶような一撃を食らい、蜜がこぼりとあふれ出る。解放待ちの熱がじわじわと体をしびれさせ、もっとしてほしいとしか考えられなくなってしまう。

「……んくぅうっ……っぁ、……もっとっ……」

欲望がとうとう恥ずかしさに打ち勝って、サフィージャは男の胸にすがりついた。

「もっと、してっ……ください、ほしいの……もう……」

「……そんなに、あおると、私も、もう……っ」

「いい、いいの、きてっ……」

首を伸ばしてクァイツの口元に自分の唇を押しつけると、すぐに激しく応じてきて胸の奥がきゅんとなる。やわらかくついばまれ、口腔内を犯される感触に、入り口が引きつった。

「サフィージャ……！」

抱きついたクァイツの肩がびくりと竦《すく》んで、小さく震え出す。同時に体内をジュプジュプと激しく犯された。

「サフィージャ、愛してます、世界中の、誰よりも……っ」

ふくれ上がった欲情が一気に突き破られた。

身悶《みもだ》えするような快楽が全身に流れ込む。

打ち込まれた先から熱い精が注がれるのを、サフィージャはぼんやりと感じ取った。

「そういえば、大事なことをおたずねしてなかったんですが」

クァイツがサフィージャの手のひらを握ったり放したりしながら言う。

「……ん」

サフィージャは泥のような疲労にさいなまれつつ、目だけで話の先をうながした。

「子どもは、何人くらいほしいですか？」

サフィージャは乾いた笑いを浮かべて目をそらした。

「ひとりっ子はやはりさびしいですから、たくさん兄弟がいたほうがいいなあ、なんて、思ったりするんですが。……なんで笑ってるんです？」

「……いや。それ、初めてのときも言っていたなと思って」

「そう、答えてくださらないのでもてあそばれた気分でした」

「お前は乙女か」

「ひどいですね。見た目も中身も可憐《かれん》な乙女そのもののあなたに言われたくはないです。あのときはどうして無視したりしたんですか。ひょっとして子どもがお嫌いだとか……あとは仕事に差し支えるから困ると思っていたとか？　こういうことは初めにちゃんとしておかないと……」

「あのときは……とにかく魔女をやめさせられて囲い込まれたら困ると思ってたかな……」

「そんなことするように見えました？」

「そりゃあもう」

クァイツがしゅんとなる。少しは反省しろと言いたい。

「でも……」

あのとき、確かにクビになったら困るとは思っていたけれども。

「……本当は、それもいいかなって、思ったんだ」

クァイツが嬉しそうに頬をすり寄せてくる。

「大好きですよ。私の愛しいサフィージャ。私だけの……」

＊＊＊

――それからしばらくの時間が経過した。

筆頭魔女であるサフィージャは、クァイツにお茶を淹《い》れるため、仕事の合間に彼の居室を訪れていた。恋人同士となった二人は、しょっちゅう互いの部屋を行き来している。

サフィージャはひじからカスミソウのように広がるレースを惜しげもなくまくり上げ、華奢《きゃしゃ》な手首から美しい黒染めの革手袋を抜き取った。ミントを中心に、集中するのにちょうどいい配合を手早く見つくろい、せんじたハーブをつまみ上げる。わかしたての熱湯を注ぎ、水鳥を模した白磁の水差しにふたをしてしばらく待った。

ふっと気を抜いて立ちつくしていると、クァイツが執務机から顔を上げて、上機嫌を隠しもしないとろけた瞳を向けてきた。

「今日は何を淹れてくださるんですか？」

「ん……スッキリするやつを……」

やわらかな甘い声が彼から発せられる。何度聞いても飽きない響きだ。

陽光をつむいだような金の髪をゆらして微笑む彼に、この上なく嬉しそうに『そうですか』と応じられ、サフィージャの頬が熱くなった。

「感激してしまいます。あなたが淹れてくれるお茶はどれも甘くておいしい」

「……甘いお茶なんてひとつもないが……」

「でも甘いんです。あなたのそのきれいな指先に秘密があるのではないですか？　やさしい味にする魔法をご存じなのでしょう？」

やめてほしい。

今日も絶好調に恥ずかしいやつだ。

サフィージャは内心の動揺を押し殺しきれず、つい茶器を乱暴に置いてしまい、肝を冷やした。優雅な鳥の尾風のハンドルを押しやり、こぼさないようテーブルの中央に置き直す。ほっと胸を撫《な》で下ろしてからゆっくりと悪態《あくたい》をついた。

「ばか……」

「ああもう、なんて初々《ういうい》しいのでしょうね、私の最愛の人は」

そういう問題じゃないと思う。

こいつの辞書には羞恥心《しゅうちしん》という単語が欠けている。

「あなたの恥じらう姿を見ていると幸せのあまり国庫の数字が全部抜けていきます」

「じゃあもう見るな！　せき止めろ！」

つるバラのかざりぐしでとめたうす編みレースの黒いヴェールで顔を覆《おお》い隠しつつ、
机の上にカップをすえてやった。花びらのような幾何学《きかがく》模様の銀のふたを彼の長い指が
つまみ開き、美しい釉薬《うわぐすり》の陶器を口元に寄せる。

「木漏《も》れ日のようにさわやかで温かい香りがします……」

なおも続くべたぼめ。恥ずかしくて聞くにたえない。集中してほしいからお茶を淹《い》れ
てやったのに、これじゃ逆効果だったのではないかと思ってしまう。

「……また聞いてない。ひどい人だ、あなたは」

むくれ顔で彼はすっくと立ち上がった。

「いいから仕事をしろ」

戸惑うサフィージャをよそに、男はするりと身を寄せてきた。

ぬめるような光沢のシルクタフタのわき腹を撫《な》で上げ、エメラルドのような艶《つや》の浮く
髪からコームを引き抜いてしまう。

サフィージャの長い髪がすとんとほどけて落ちる。

「や……、人が見てるから……っ」

サフィージャの悲鳴を皮切りに、部屋の中にいた下働きたちがしゃなりしゃなりと退室していく。これも本当に恥ずかしい。

最後のひとりが退室するやいなや、彼は待ちかねたようにずれたヴェールをまくり上げた。

「……あなたが嫌がるのでしませんが、いつでも好きなときにキスができないのはうとましいですね」

見つめられているうちに、仕事をしろ、とは言えなくなった。

自由に触れ合いたいのはサフィージャも同じだからだ。気品のある首筋に指を絡めて引き寄せ、目を閉じて唇を重ねる。たわむれのように浅いキスをかわして、突き放した。

「これでいいだろ？　あと少しだからがんばれ」

自分のしたことが恥ずかしくて横を向いているサフィージャを、やけに熱い視線が舐《な》め回す。いたたまれなさにどんどん頬が赤らんでいく。

「あなたは私の心をかき乱すのが本当にお上手だ」

寄り添い合う男がいたずらっぽい声で不穏なことをささやいた。彼の唇が、かすかに自分の耳に触れ、耳たぶに挿《さ》した小さな淡水パールの楕円形を意識した。

ぼっと頬が燃える。こいつの暑苦しさにはいつまでたっても慣れない。

「もう……ちょっとは我慢できないのか」

かもし出されるいちゃいちゃした空気に耐えかねて憎まれ口を叩くと、男はしゅんとなった。

「……嫌ですか?」

「そうじゃない……」

「私はこんなに好きなのに、あなたは私のことなんてどうでもいいんだ……」

すねるのは本当に卑怯《ひきょう》だと思う。

「う、嬉しいから困ってるんだろ、ばか。この上私まで惚けたら大変なことになるじゃないか……お前も少しはしっかり……」

赤くなったサフィージャがしどろもどろにつっかえながら答えると、最後まで言い終わらないうちに抱き締められた。

「……かわいい。かわいすぎます。私をどうしたいんですか? あなたのせいでもう何も手につきそうにないんですが……」

「うう……」

片手で口元を隠してうつむくサフィージャの手首を男の手がやんわりとつかまえ、うっすらと筋の浮く内側にかぷりとかじりついた。熱い舌が薄い皮膚の上を這《は》う。何をするのかと驚いて見返すと、上目づかいにこちらをうかがう火のような瞳と目が合った。見ていられなくてあさっての方向に視線をそらす。

「サフィージャ。……こっちを向いて？」

たまにしゃべりが幼くなるのも本当にずるいと思う。なぜか魔法にかけられたようにぜんぜん逆らえなくなってしまうから。

名前をささやかれ、親密に呼びかけられるたびに、甘い幸福感で胸が焼けそうになる。

結局ずるずるとこうなるのか。

地味めのストレートラインのスカートをするするとたくし上げられ、サフィージャは観念して息を吐いた。

「あ、あんまりいっぱいしたら嫌だからな……」

「それはいっぱいしてほしいってことですか？」

「ち、ち、ちが……」

「ん？」

「……そ……そ……う、です……」

「仕方のない人ですね。ちゃんと分かっていますよ、私のかわいい人。愛しています」

「わ……私も……」

そして愛しい男は言ったのだ。

「もう一生放しません。ずっとそばに置いて、死ぬまでかわいがってさしあげます。……さしあたって今は死ぬほど、でしょうけど」

ず、ずっと？

ずっとこの調子なのはキツいなあ。

そんなことを思いつつ、でもやっぱり嬉しくて、サフィージャはもうどうしたらいいのか分からずに、羞恥《しゅうち》と幸せ混じりの崩れた表情を両手で覆《おお》い隠した。

書き下ろし番外編

病の治し方

サフィージャがクァイツの前で仮面を取ってから数ヵ月後。

ふたりの付き合いは周囲にまだ伏せているので、サフィージャは相も変わらず筆頭魔女の仕事をしていた。

魔女の仕事は忙しい。道具の手入れ、薬の補充、シーツの洗濯、きれいな水の確保。すべてにおいて、事前の準備が大切なのである。

サフィージャは、空き時間に自室で手術道具の点検をしていた。万が一青銅が錆《さ》びていたら、やすりで削っておくつもりで、普段使わないようなものも持ち出していた。

来客があったのは、そろそろ作業に飽きてこようかという頃合いだった。

目の覚めるような美貌の持ち主が、戸口にふらりと現れる。これでもかというほど刺繍《ししゅう》の入った上着に身を包み、ほのかに瑞々《みずみず》しい香りをさせているので、ひと目で高貴な身分の人物と知れた。

「少し具合が悪いようなのです。診《み》ていただけたらと……」

覇気《はき》のない様子で部屋に現れたのは、クァイツだった。しょぼくれているせいか、きらびやかな金髪も心なしかくすんで見える。

相変わらずいい男だなぁ。

サフィージャにしてみればいつまでも眺めていたいご尊顔だが、体調が悪いとなると話は別だ。魔女の仕事をしなければならない。

「どんな具合だ？　頭痛か？　発熱か？」

「熱っぽくて、体が火照《ほて》る感じがしますね」

「いつから？　めまいや吐き気は？　どこかが腫《は》れたり、血が出たりしなかったか？」

機械的に問診しながら、サフィージャはとりあえず口の中をのぞいてみた。喉に腫れはなし。どこかが膿《う》んでいるときのような、臭《くさ》い匂いもしない。直前にうがいと歯磨きでもしたのか、かすかにミントの香りがする。ミントは口の中の清涼剤として一般的な薬だから、彼が自分で処方しても特におかしくはない。ただし別のハーブだったらサフィージャは止めただろう。素人《しろうと》が勝手に薬を使うのはよくないことだ。

次にサフィージャは手首の脈を診た。脈は力強くて健康そのもの。しかし通常よりも脈拍が速い。よく確かめようと彼の手首を握っていると、クァイツはうるんだ瞳で、媚《こ》びるようにこちらを見た。

「あぁ、なんだか悪化してきました。熱くてたまりません」

「ふむ……」

サフィージャの習った医学によると、人間の体質は四つの相を持つ。すなわち熱《ねつ》、寒《かん》、乾《かん》、湿《しつ》で、医者はそれらをくっつけたり離したりして病《やまい》を治すらしい。熱っぽいというのなら、『熱』の性質が過剰に出ているのだろう。そう当たりをつけて、彼の袖を大きくまくりあげ、腕の内側なども見てみた。白い肌のところどころに青い脈が浮いている。サフィージャが習ったところによると、『静脈浮いたは熱の体質』らしい。いよいよ『熱』の疑いが濃厚になってきたので、サフィージャは確定させるためにもう少し質問することにした。

「昨日はよく眠れたか？」

するとクァイツは、よくぞ聞いてくれました！　とでも言うように、サフィージャの手を両手で包み込んだ。

サフィージャはちょっとびっくりした。

なんなんだ。人がまじめに仕事をしているのに。

あまり触られると、気が散って思考がうまくまとまらなくなってくるサフィージャである。

彼はあざとく気弱を装《よそお》った上目遣いでサフィージャの顔色をうかがいながら、不調のほどを訴える。

「実はまったく寝つけなくて……」

「なんだと。それは大変だ」

病気の可能性が高まるような症状を言われて、サフィージャは思考が仕事に引き戻された。『熱』の性質が出ると、不眠の症状が出ることもある。人間の『血液』が多くなってくるとそうなるのだ——とサフィージャの習った医学では言われているが、別の学派だとまた違う見立てをすることもあるので定かではない。人間の体の構造には、まだまだ分かっていないことも多いのだ。

「胸が苦しくてたまらないのです」

クァイツが悲痛な調子で訴えた。これも『熱』の典型症状だ。

こいつは血の気が多いからなぁ。

一般的に、男は熱と乾の性質、女は寒と湿の性質を司《つかさど》る、と言われている。中でも『熱』の症状は若い男によく見られるものだ。気力、体力、それから血液が充実しすぎると熱っぽくなってしまうのである。クァイツもそのケがあると、サフィージャは前々から思っ

いと思って来たんですよ。この城一番の名医はあなたですからね」

ていた。

「午前中もずっと何も手につかなくて……これはもう、一刻も早く診《み》ていただくしかな

「ほっほーう。いい心がけだな」

「私はあなたにしか診ていただきたくないのです」

かわいいことを言う。

ずっと手を握られているので、サフィージャはなんだか照れてきた。

「その方がいいだろうな。私もほかの医者と治療方針の違いで揉めたくない」

たとえば、今回の症状ならば、『瀉血《しゃけつ》』といって、血を抜き取る療法が一番手っ取り早い。

しかしサフィージャは外科手術よりも薬を処方するほうが好きだった。

だって瀉血、痛いし。腕を切るの、嫌なんだよなあ。

クァイツもせっかくきれいな腕をしているのに、傷が残ったらもったいないじゃないか、とサフィージャは思う。

ところが、クァイツはなぜか「いいえ」と言った。サフィージャの言うことは近いけれども全然違うのだと言わんばかりに、熱を込めて訴える。

「この病気はあなたにしか治せませんから」

そうかな。けっこうメジャーな病気だと思うけど。

褒められるのはうれしいが、大げさすぎやしないか。

「ああ……だんだん辛くなってきました。体が熱くて、胸が苦しくて……」

「心臓もか？　痛むのか？」

心臓の病《やまい》となると事態は深刻だ。

鼓動に異音が交ざっていないか、確認しようと手を伸ばしかけて、失敗した。クァイツが放してくれないからだ。

やりにくいなぁ。

サフィージャは手のひらに汗をかいてきた。握られている手が熱いのは、彼の病気のせいだろうか。

「と……とりあえず薬で様子を見るか」

スカンポでも出しておこうかな？

スカンポは『熱《ねつ》』のときの第一選択薬である。それより薬効は落ちるが、熟していないぶどうの汁なども、料理で使うので入手がしやすく、味もいいため患者に喜ばれる。

サフィージャが処方をあれこれ思い浮かべていると、彼はサフィージャの注意をひくように、もう少し身を乗り出して、距離をつめた。

「薬は、必要ないかと思います。私が苦しんでいるのは、あなたのせいですから」

「は……？」

サフィージャは誓って何もしていない。何を言い出すんだこいつは。

「あなたがいけないんですよ。あなたがあまりにもかわいらしいから」

あー。そうきたかー。

サフィージャは脱力した。いろんなことがばかばかしくなってくる。

そういえばこいつはこーいうやつだった。

まじめに心配して損をしたではないか。

「あなたは昨日、私を部屋に呼んでくださいませんでしたね」

「仕事が立て込んでたんだ」

「原因はそれです。あなたは昨日、私に『お休みなさい』を言ってくださらなかった。ですから、私は不眠に悩まされてしまったのです」

くだらない！　実にくだらない！

とはいえ、サフィージャはクァイツに真正面から口説かれると、ものすごく弱かった。

どんなに見え透いていてもだめなのだ。恥ずかしさと照れで顔が熱くなってくる。

「これは早急に治療をしなければなりません。ね？　あなたもそう思うでしょう？」

「いや、普通に仕事の邪魔しないでほしいんだが」

色ボケしていてもそこはきっちり詰めておきたいサフィージャだった。

「そういう回答は好ましくありませんね。第一、かわいくありません。いいえ、あなたがかわいくなかったことはこれまで一瞬たりとてないのですが」

「どっちなんだよ」

クァイツはふいに、サフィージャの顔を覆《おお》っている布へ手を伸ばした。

「ちょっ、や、やめ……」

彼はいたずらっ子そのものの微笑を浮かべて、サフィージャの顔を覆っているもろもろを勝手に外していく。サフィージャはその表情が何よりも好きなので、止めるに止められない。

やがてクァイツが満足そうにくすりと笑う。

「……ほらね。あなたはこんなにもかわいらしい」

「うぅ……」

仕事着で隠れていた赤面の症状を暴《あば》かれて、サフィージャはもううめくしかなかった。

「すぐに顔に出てしまうのも、あなたの愛すべき欠点ですね？」

クァイツの指が頬を伝う。ただでさえ熱い頬が、一瞬でかーっとなった。

ほっといてくれ、と言いたかったが、じっと見つめられてそれもままならない。どうしても動けなくなってしまう。そのうちにキスをされた。

サフィージャはしばらく大人しくキスを受けていたが、キスが深まるにつれてこのあとどうなるのかはおおよそ見当がついたので、さすがに慌てた。

「よ……夜とかじゃだめなのか？　まだちょっと片づけたいものが残ってるんだが。そうだ、夜にしよう。夜なら、まあ、うん……」

サフィージャがごにょごにょと語尾を濁《にご》すと、クァイツから逃げ道をふさぐように「夜なら？」と聞かれてしまった。

「だから、ほら……治療、するだろ？」

「治療、とは？」

「ええっと……」

今回のはクァイツの詐病だろうが、実際にこの男は血の気が多くて持て余していると
ころがある。

『熱《ねつ》』の患者はとにかく『体液』が多い、らしい。血液のみならず、血液から作られる（と言われている）男の精もまた同様に、持て余しているのだ。

つまり治療も、精を搾《しぼ》り取ってやるのがいい——ということになる。

しかし、そこまでずけずけとものを言うのは気が引ける。患者相手なら恥じらっていても仕事にならないので性に関することもどんどん言うが、サフィージャも人の子なので、好きな相手につつしみがないと思わるのはやっぱり嫌だった。

「今日は、その、なんだ。お前が隣で眠りにつくときに、お休みなさいを言ってやる」

考えに考えて、ギリギリ言えそうなところを告げると、クァイツはにっこりした。

「約束しましたからね？　きっとですよ？　あとでなかったことになんかさせませんからね」

「もちろんだ」

「ああ……そのときが待ち遠しいです」

「ああもう、分かったから早く帰れ。私は忙しいんだ」

なおも大げさに別れを惜しむクァイツを追い出して、サフィージャはため息をついた。

まだ少し頬が火照《ほて》っていて、仕事用の顔の布を身に着ける気になれない。

これじゃどっちが病気なんだか。

聞くところによると、女も男と同様に、精がたまるものらしい。女は『冷』『湿《しつ》』の性質なので、『体液』が悪くなりやすい。したがって精を溜めこみすぎると、男よりも重い症状が出る、という。どこまで本当かは知らないが、とにかくサフィージャはそう習ったし、世界中の医術の学校でだいたい似たようなことを教えているはずだ。

これまでのサフィージャは、それらを知識でしか知らなかった。だから、本当のことなのかどうかもよく分からなかった。

けれども最近、とみに思うのだ。

……確かに、女のほうが症状は重いのかもしれないなあ。

動悸、息切れ、発熱、寝不足。

どれも身に覚えがある。

彼と一緒にいるとドキドキが収まらないし、胸も苦しくなる。すぐに顔が火照《ほて》って、夜もよく眠れない。

サフィージャの習った医学は中庸《ちゅうよう》が第一と考える。精は溜めこみすぎても、吐き出しすぎてもよくない。クァイツに付き合わされて、ずいぶん吐き出すほうをしているからか、女性本来の性質から遠ざかっているような気がしてならない。

サフィージャも『熱《ねつ》』の薬を飲んだほうがいいのかもしれないと思った。

今日はスカンポと未熟ブドウの汁で作ったシロップを飲んで、なるべく早く寝よう。

寝られるといいな。

寝かせてもらえるように、お願いするだけしてみるけど。

……ちょーっと難しいかなー？

サフィージャは考えた末に、一包の薬を取り出した。中身は乾燥させたコリアンダーの粉末だ。

効用は性欲の減退である。

いざというときは、これをいつものハーブティーに、ちょちょいっと。

サフィージャとしても騙《だま》して飲ませるのは気が引ける。しかし、平和的な交渉が決裂したときには、武力による解決も致し方なし。女の武器とは毒である。どこからでもかかってくるがいい。

――サフィージャは勇ましき兵士の気持ちで自分を鼓舞《こぶ》しながら、残りの仕事もがんばって片づけた。

なんのかの言っても、夜にゆっくり会えると思うといい気分で、仕事もはかどったのだった。

NB ノーチェ文庫

身も心も翻弄する毎夜の快楽

太陽王と蜜月の予言

里崎 雅《さとざきみやび》　イラスト：一色箱

価格：本体 640 円+税

赤子の頃に捨てられ、領主の屋敷で下働きをしているライラ。そんな彼女の前に、ある夜、美貌の青年が現れた。なんとその人は国王であるアレン陛下！　彼はライラに熱い眼差しを向け、情熱的なキスと愛撫で迫ってくる。国王からの突然の寵愛に、ライラは身も心も翻弄されていき……

詳しくは公式サイトにてご確認ください

http://www.noche-books.com/

携帯サイトはこちらから！

NB ノーチェ文庫

とろけるキスと甘い快楽♥

好きなものは好きなんです！

雪兎《ゆきと》ざっく　イラスト：一成二志

価格：本体 640 円+税

スリムな男性がモテる世界に、男爵令嬢として転生したリオ。けれど、うっすら前世の記憶を持つ彼女は体の大きいマッチョな男性が好み。ある日、そんな彼女に運命の出会いが訪れる。社交界デビューの夜、ひょんなことから、筋骨隆々の軍人公爵がエスコートしてくれて——?

詳しくは公式サイトにてご確認ください

http://www.noche-books.com/

携帯サイトはこちらから！

NB ノーチェ文庫

身も心も翻弄する毎夜の快楽

囚われの男装令嬢

文月蓮《ふみづきれん》　イラスト：瀧順子

価格：本体640円+税

女だてらに騎士となり、侯爵位を継いだフランチェスカ。ある日、国境付近に偵察に出た彼女は、何者かの策略により意識を失ってしまう。彼女を捕らえたのは、隣国フェデーレ公国の第二公子・アントーニオ。彼は夜毎フランチェスカを抱き、甘い快楽を教え込んでいき——

詳しくは公式サイトにてご確認ください

http://www.noche-books.com/

携帯サイトはこちらから！

NB ノーチェ文庫

迎えた初夜は甘くて淫ら♥

蛇王さまは休暇中

小桜《こざくら》けい　イラスト：瀧順子
価格：本体 640 円+税

薬草園《ハーブガーデン》を営むメリッサのもとに、隣国の蛇王さまが休暇にやってきた！　たちまち彼と恋に落ちるメリッサ。だけど魔物の彼と結ばれるためには、一週間、身体を愛撫で慣らさなければならず……絶え間なく続く快楽に、息も絶え絶え!?　伝説の王と初心者妻の、とびきり甘〜い蜜月生活！

詳しくは公式サイトにてご確認ください
http://www.noche-books.com/

携帯サイトはこちらから！

NB ノーチェ文庫

凍った心を溶かす灼熱の情事

漆黒の王は銀の乙女に囚われる

雪村《ゆきむら》亜輝《あき》　イラスト：大橋キッカ
価格：本体 640 円+税

恋人と引き裂かれ、政略結婚させられた王女リリーシャ。式の直前、彼女は、結婚相手である同盟国の王ロイダーに無理やり純潔を奪われてしまう。その上、彼はなぜかリリーシャを憎んでいて……？　仕組まれた結婚からはじまる、エロティック・ラブストーリー！

詳しくは公式サイトにてご確認ください
http://www.noche-books.com/

携帯サイトはこちらから！

NB ノーチェ文庫

淫らな火を灯すエロティックラブ

王太子殿下の燃ゆる執愛

皐月《さつき》もも　イラスト：八坂千鳥

価格：本体 640 円+税

辛い失恋のせいで恋に臆病になっている、ピアノ講師のフローラ。ある日、生徒の身代わりを頼まれて、仮面舞踏会に参加したところ——なんと王太子殿下から見初められてしまった！身分差を理由に彼を拒むフローラだけど、燃え盛る炎のように情熱的な彼は、激しく淫らに迫ってきて……

詳しくは公式サイトにてご確認ください

http://www.noche-books.com/

携帯サイトはこちらから！

NB ノーチェ文庫

雪をも溶かす蜜愛♥新婚生活

氷将レオンハルトと押し付けられた王女様

栢野《かやの》すばる　イラスト：瀧順子

価格：本体 640 円+税

マイペースで、ちょっと変人扱いされている王女のリーザ。そんな彼女は、国王の命でお嫁に行くことに!?　お相手は、氷の如く冷たい容貌の「氷将レオンハルト」。突然押し付けられた王女を前に、氷将も少し戸惑っている模様だったけれど、初夜では、甘くとろける快感を教えてくれて……

詳しくは公式サイトにてご確認ください

http://www.noche-books.com/

携帯サイトはこちらから！

NBノーチェ文庫

夜の魔法に翻弄されて!?

旦那様は魔法使い

なかゆんきなこ　イラスト：泉渼てーぬ

価格：本体 640 円+税

アニエスは、自然豊かな美しい島でパン屋を営んでいる。そんな彼女の旦那様は、なんと魔法使い！　彼の淫らな魔法による甘いイタズラにちょっぴり困りつつ、アニエスは幸せいっぱいの日々を送っていた。そんなある日、新婚夫婦の邪魔をする新しい領主が現れて――!?

詳しくは公式サイトにてご確認ください

http://www.noche-books.com/

携帯サイトはこちらから！

Noche
ノーチェ

甘く淫らな恋物語

ノーチェブックス

乙女を酔わせる
甘美な牢獄

伯爵令嬢は豪華客船で闇公爵に溺愛される

仙崎《せんざき》ひとみ

イラスト：園見亜季

価格：本体 1200 円+税

両親の借金が原因で、闇オークションに出されたクロエ。そこで異国の貴族・イルヴィスに買われた彼女は豪華客船に乗り、彼の妻として振る舞うよう命じられる。最初は戸惑っていたクロエだが、謎めいたイルヴィスに次第に惹かれていき……愛と憎しみが交錯するエロティック・ファンタジー！

詳しくは公式サイトにてご確認ください

http://www.noche-books.com/

携帯サイトはこちらから！

甘く淫らな　Noche ノーチェ　恋物語

俺様王と甘く淫らな婚活事情!?

定価:本体1200円+税

国王陥落 ～がけっぷち王女の婚活～

著 里《さと》崎《ざき》 雅《みやび》　イラスト 綺《き》羅《ら》かぽす

兄王から最悪の縁談を命じられた小国の王女ミア。これを回避するには、最高の嫁ぎ先を見つけるしかない! ミアは偶然知った大国のお妃選考会に飛びついたけれど—— 着いた早々、国王に喧嘩を売って大ピンチ。いきなり帰国の危機に陥ったミアだが、なぜだか国王に気に入られてしまい……?

魔界で料理と夜のお供!?

定価:本体1200円+税

魔将閣下と とらわれの料理番

著 悠《ゆ》月《づき》彩《あや》香《か》　イラスト 八《はち》美《び》☆《す》わん

城の調理場で働く、料理人見習いのルゥカ。ある日、彼女は王女と間違えて魔界へさらわれてしまった! 命だけは助けてほしいと、魔将アークレヴィオンにお願いすると、「ならば服従しろ」と言われ、その証としてカラダを差し出すことになってしまい……魔界でおりなすクッキングラブファンタジー!

詳しくは公式サイトにてご確認ください。

http://www.noche-books.com/

掲載サイトはこちらから!

本書は、2015年4月当社より単行本として刊行されたものに書き下ろしを加えて文庫化したものです。

ノーチェ文庫

王太子《おうたいし》さま、魔女《まじょ》は乙女《おとめ》が条件《じょうけん》です 1

くまだ乙夜《いつや》

2017年12月31日初版発行

文庫編集－宮田可南子
編集長－塙綾子
発行者－梶本雄介
発行所－株式会社アルファポリス
〒150-6005 東京都渋谷区恵比寿4-20-3 恵比寿ｶﾞｰﾃﾞﾝﾌﾟﾚｲｽﾀﾜｰ5階
TEL 03-6277-1601（営業） 03-6277-1602（編集）
URL http://www.alphapolis.co.jp/
発売元－株式会社星雲社
〒112-0005 東京都文京区水道1-3-30
TEL 03-3868-3275
装丁・本文イラスト－まりも
装丁デザイン－ansyyqdesign
印刷－株式会社暁印刷

価格はカバーに表示されてあります。
落丁乱丁の場合はアルファポリスまでご連絡ください。
送料は小社負担でお取り替えします。
©Itsuya Kumada 2017.Printed in Japan
ISBN978-4-434-23978-6 C0193